初學記卷第二十

政理部

錫山安國校刊

赦第一

敘事　爾雅曰赦舍也郭璞注謂放置也案虞書眚災肆赦周禮司制掌三赦之法又曰國君過市則刑人赦論語曰有罪不敢赦是也漢舊儀云踐祚改元立皇后太子赦天下每赦自殊死以下及謀反大逆不道諸不當得赦者皆赦除之命下丞相御史復奏可分遣丞相御史乘傳駕行郡國解囚徒布詔書郡國各分遣吏傳廄車馬行屬縣解囚徒又荀悅漢紀論曰夫赦權時之宜非常典也漢興承秦兵革之後大過之代比屋可刑故設三章之法申以大赦之令蕩滌穢流與人更始時勢然也後代承業習而不革失時宜矣故管子曰凡赦者小利而大害也故久而不勝其禍無赦者小害而大

利也故久而不勝其福赦者犇馬之委轡也無赦者
痤疽之礦石也又王符潛夫論云或三辰有候
天氣當赦故人從之施德也則史記莊生謂楚
王曰某星犯某宿宜以德報怨楚王將爲赦又
望氣經曰黃雲四出汪期五十日赦又風角書
春甲寅風起申上來爲大赦在六十日應也

事對

作解 在宥 周易曰雷雨作解君子以赦過宥罪莊子曰聞在宥天下不聞治天下在也者恐天下之淫其性宥也者恐天下之遷其德天下不淫其性不遷其德則理有天下哉

呂蒙病 王猛疾 韋昭吳書曰呂蒙病發孫權迎置內殿夜不能寐病中有瘳爲下赦令崔鴻前秦錄曰王猛疾病未瘳符堅大赦殊

死以下

雲出 風來 黃雲四出見敘事中風角書曰冬至後丁巳日有風從巳上來有大赦

過市 入關 周禮曰國君過市則刑人赦袁山松後漢書曰賈彪遊京師郭林宗李元禮等爲談論之首一言一行天下以爲准的黨錮事起彪謂同志曰吾不西行大難不解矣即入關乃設方略天子爲之大赦

動籥 鳴條 王充論衡曰赦令將至擊室籥動獄中人當出故其感應令籥動也翼奉風角書曰春甲寅日風高去地三四丈鳴條從甲上來爲大赦期在六十日

大恩 小惠 東觀漢記曰章和元年赦天下繫囚在四月丙子以前減死罪一等勿笞詣金城而文不及亡命未發覺者郭躬上封事曰伏惟大恩莫不蕩宥罪死已下並蒙更生而亡命捕得獨不霑澤臣以爲赦前犯死罪而繫在赦後者可皆勿笞詣金城以全人命有益於邊上善之即下詔赦焉常璩華陽國志曰丞相諸葛亮時有言公惜赦者亮荅曰爲政以大德不以小惠故匡衡吳漢不願爲赦先帝亦言吾周旋陳元方鄭康成間每見言理亂之道悉矣曾不論赦也若劉景叔父子歲歲赦之者何益於政

躬耕 親政 王隱晉書曰泰

始四年正月初立籍田丁亥上帥羣臣躬耕千畝大赦天下吳志曰孫亮太平二年四月亮臨正殿大赦天下始親政事

東狩 **南郊** 司馬彪續漢書曰章帝元和二年二月帝東巡狩泰山至於岱宗柴望秩山川羣神大赦天下王隱晉書曰惠帝元康六年正月辛酉上南郊大赦天下

河塞 **湖開** 漢書曰武帝元封二年四月臨決河塞河堤作瓠子歌赦所過徒又吳志曰孫皓天璽元年吳郡言臨平湖自漢末草穢擁塞今更開通長老相傳此湖邊石函中有小石青白色長四寸廣二寸餘刻作皇帝字於是改年大赦

銀印 **玉璽** 吳志曰孫皓天冊元年吳郡言掘得銀印長一尺廣三分刻上有年月字於是改年大赦崔鴻前趙錄曰劉元海遷都平陽汾水中得玉璽文曰有新保之[redacted]元海蓋王莽時璽也獻者因增其三字元海以為己瑞大赦天下改年

升臺 **設壇** 司馬彪續漢書曰明帝永平二年正月辛未宗祀光武於明堂祀畢升靈臺望雲物大赦天下王隱晉書曰咸熙二年十二月帝乃設壇受命南郊辛太極殿前大赦天下

神光 **芳氣** 漢書曰武帝元封六年詔曰朕祀首山昆田出珍物或化黃金祭祀后土神光三燭其赦汾陰殊死以下何法盛晉中興書曰成帝咸康元年詔曰有司條典虔奉郊祀燔柴既饗芳氣清穆其赦天下令咸得自新

鶴留 **鸞舉** 漢書詔曰朕郊見上帝巡于北邊上見羣鶴留止光景並見其赦天下又詔曰嘉瑞並見鸞鳳並舉其赦天下

甘露降 **景星見** 漢書曰宣帝神雀二年二月詔曰乃者鳳皇集甘露降京師羣鳥從之以萬數其赦天下蜀志曰後主景曜元年景星見於是大赦改元

賦 **後漢崔寔大赦賦** 惟漢之二年四月大赦滌惡弃穢與海內更始亹亹乎思升平之道也寔就而賦焉以為五帝異制三王殊事然其承天據地興設法制一也陛下以苞天之大承前聖之迹朝乾乾於萬乘夕虔敬而厲惕然猶痛刑之未措厥將以赦天下所以創太平之迹云云又曰方將投玄雲昭景星穫嘉禾於疆畝收蓂莢於階庭捫麒麟之肉角聆鳳皇之和鳴雖羲皇之神化尚何斯之大寧

詩 **沈佺期則天門觀赦**

聖人宥天下幽籥動圜狴六甲迎黃氣三元降紫泥籠僮西上鼓振迅廣場雞歌舞將金帛汪洋被遠黎

又答寧

愛州報赦詩 書報天中赦人從海上聞九泉開白日六翮起青雲命偶恩先貸情孤枉未分自怜涇渭別誰與奏明君

詔 梁沈約南郊赦詔 朕昧爽夙興念茲理道而明不燭遠弘之未易仰尋先列思致升平自頃多故戎車代有軍政國容事緒非一刑禮參用未致和臻向隅之情永言增嘆今郊禋載洽幽明允從恩崇嘉祉被之兆庶可大赦天下

賞賜第二

叙事 說文曰賞賜有功也賜也者命也見鄭玄禮記注惠也見何晏論語注書曰德懋懋官功懋懋賞又曰用命賞于祖弗用命戮于社又曰功多有厚賞弗迪有顯戮春秋傳曰古之理人者勸賞而畏刑恤人不倦賞以春夏刑以秋冬將賞爲之加膳加膳則飫賜此所以知其勸賞也禮記曰天子賜諸侯樂則以柷將之賜伯子男樂則以鼗將之將謂執以致命諸侯賜弓矢然後征賜鈇鉞然後殺賜珪瓚然後鬯又曰君賜車馬乘以拜賜衣服服以拜賜君未有命弗即乘服凡賜君子與小人不同日此賞賜之義

事對 萬畝 千鍾 史記曰趙烈侯好音鄭歌者三人賜之田萬畝家語孔子曰自季孫之賜我千鍾也而交益親也

金鉤 玉玦 東觀漢記曰楊賜以病罷居無何拜太常詔賜御府衣一襲自所服冠幘綬玉壺革帶金錯鉤珮謝承後漢書曰馮魴爲侍中稍遷衛尉能取悅當時爲安帝所寵帝幸其府留飲十日賜駭犀玉具綬珮刀紫艾綬玉玦 紫

綬 青裘 謝承後漢書曰馮魴爲安帝所寵賜紫艾綬葛洪西京雜記曰成帝好爲蹴鞠群臣以蹴鞠勞體非
尊所宜帝曰朕好之可擇似而不勞者奏之竹彈棊以獻帝大悅賜青羔裘紫絲履服以朝覲 [redacted] 累千 矩
萬 漢書曰衛青姊子女得入宮幸上青時給事建章未知名武帝於是召青爲建章監侍中賞賜數日間累千金魏志
曰明帝嘗夢見后於是差次舅氏親踈高下敘用各有差賞賜鉅萬 甘田 蘇宅 史記甘羅請文侯曰
借臣車五乘請爲張唐先報文侯侯乃言之於始皇使於趙趙襄王郊迎甘羅說趙攻燕得上谷三十城令秦有十一甘羅還
報秦乃封羅以爲上卿復以甘茂田宅賜之漢書曰蘇武初從匈奴還詔拜典屬國中二千石賜錢二百萬公田二頃宅一區
后衣 帝服 東觀漢記曰永平三年上賜東平王蒼書曰歲月驚邁山陵寖遠孤心悽愴令以光烈皇
后假帛仲衣各一篋遺王可時視瞻以慰凱風寒泉之思曹植表稱詔曰皇帝問雍丘王先帝昔常非於漢氏諸帝積貯衣被
使敗於函篋之中遺詔以所服衣被賜公王卿官僚諸將令以十三種賜王 雙璧 千金 史記曰虞

卿者游說之士躡屩檐簦說趙孝成王一見賜黃金百鎰白璧一雙再見爲趙上卿故号曰虞卿漢書曰梁孝王招延四方豪
傑齊人公孫詭多奇邪計初見曰王賜千金官至中尉 明德 計功 管子曰明賞不費明刑不暴賞
罰明德之至也淮南子曰忠臣之事君也計功而受賞不爲苟得量力而受官不貪爵祿其所能者受之勿辭也 玉
壺 金筒 玉壺已見紫綬注中張衡綬筒銘序曰南陽太守鮑德有詔所賜綬金筒爲作銘曰懿矣茲筒爰藏
寶神金纓組履文章日信 金刀 珠劍 謝承後漢書曰武陵五溪蠻夷作難詔遣車騎將軍馮緄南征
緄表應奉金錯刀一具沈約宋書曰太宗爲徐州刺史昭太后賜以火珠鹿盧劍 受北國 啓南
陽 毛詩曰其追其貊奄受北國鄭玄注韓侯入覲宣王使復其先祖之舊職錫以追貊受北方之國也左傳曰晉侯朝
王與之陽樊溫原攢茅之田晉於是始啓南陽 汝南帛 遼東錢 漢書曰宣帝詔曰迺者鳳
皇集新蔡其賜汝南太守帛百疋東觀漢記曰祭彤爲遼東太守三十年衣无儲副世祖嘉其功賜錢百萬 詩 唐

太宗文武聖皇帝賜房玄齡詩太液仙舟迴西園隱上才未晓征車度雞鳴關早開又賜蕭瑀詩疾風知勁草昏日辨誠臣勇夫安識義智者必懷仁隋許善心奉和賜詩帝道属升平天文預觀象茲生荷化育博施多含養正始振皇風端居留眷想夕拜叅近侍朝恩濫弘獎温樹貴不言克艱庶無爽

制唐中宗孝和皇帝賞張仁愿制朕聞將帥興功本期於邦国帝王懸賞用荅於疇庸持節朔方道大揔管右屯衛大將軍張仁愿器宇端雅風神秀傑謀韜玉帳寄重金壇故得累司文武歷叅邊鎮薊門作牧既益東顧之憂榆寒揔兵方釋北乘之慮而乃躬先士卒負土築城攢卻月於天街劃長雲於地脉宜列河山之賞式崇帶礪之榮進封韓国公賜物三百段及衣裳一副

又賜成王千里衣物勑晝巡周衛夜警嚴廊既曰爪牙實稱心腹左金吾衛大將軍成王千里聲高沛獻德邁二南以盤石之崇班當執金之重寄察姦無對討猾若神固以威動千廬勤宣五校近者徼伏之内輒有詐偽之人曾不斯須遽令擒獲能官之目久已馳芳稱職之名從茲著号可賜衣一副兼賜物一百段

貢獻第三

叙事 廣雅曰貢稅也上也鄭玄曰獻進也致也屬也奉也皆致物於人尊之義也周禮獻賢能之書于王鄭玄注獻進也又曰獻禽以祭社鄭玄注獻致也屬也又曰古者致物於人尊之曰獻通行曰饋毛詩箋云獻奉也案尚書禹別九州任土作貢其物可以特進奉者曰貢盛之於筐而進者曰篚若不常歲貢須賜命乃貢者曰錫貢故兗州厥貢漆絲青州厥貢鹽絺海物惟錯岱畎絲枲鉛松怪石徐州厥貢惟土五色羽畎夏翟嶧陽孤桐泗濱浮磬

淮夷蠙珠曁魚揚州厥貢惟金三品瑶琨篠簜
齒革羽毛惟木荆州厥貢羽毛齒革惟金三品
杶榦栝栢礪砥砮丹惟箘簵楛豫州厥貢漆枲
絺紵梁州厥貢璆鐵銀鏤砮熊羆狐狸織皮雍
州厥貢球琳琅玕兖州厥篚織文青州厥篚檿
絲徐州厥篚玄纖縞揚州厥篚織貝荆州厥篚
玄纁璣組豫州厥篚纖纊揚州錫貢厥包橘柚
豫州錫貢磬錯荆州納錫大龜是也又周禮以
九貢致邦國之用一曰禮貢二曰嬪貢三曰器

貢四曰幣貢五曰財貢六曰貨貢七曰服貢八
曰斿貢九曰物貢是也獻者謂貢篚錫貢之外
所進奉者也禮記曰獻車馬執綏獻馬者執靮
獻人虜者操右袂執琴瑟者上左手獻几者拂
之獻杖者執其末此其制也 事對 紈牛 文馬
周書成王時西夷貢獻卜盧紈牛紈牛牛之小者孔晁注曰卜
盧盧之西北戎今盧水是也東觀漢記曰建武二十六年南單
于遣使獻駱駝二頭文馬十疋 江龜 海貝 尚書曰九江納錫大龜孔傳云
尺二寸曰大龜出九江水中尚
書大傳曰夏成五服外薄四海南海魚
革珠珍大貝鄭注所貢物也貝古以爲貨 青帶 白環 魚豢魏
略曰漢
陽嘉三年疎勒国王獻西海青石帶皇甫謐帝王世
紀曰西王母慕舜德來獻白環及玦并貢益地圖 火鼠 冰

蠶 魏志景初二年二月西域獻火浣布東方朔神異經曰南荒之外有火山晝夜火燃火中有鼠重百斤毛長二天餘細如絲可以作布恒居火中時時出外而白色以水逐而沃之乃死取緝其毛織以爲布王子年拾遺記曰冰蠶長十寸有鱗角以雪霜覆之然後爲繭其色五彩織爲文錦入水不濡投火不燎唐堯世海人獻之以爲黼黻

蔗一節　梨三箱 鄧德明南康記曰雩都縣土壤肥沃偏宜甘蔗味及彩色餘縣所出無一節數十碎郡以獻御魏武帝嘗爲兖州牧上書曰山陽郡美梨謹獻甘梨三箱

丹砂　玄玉 周書曰成王時四夷來貢卜盧人西南之蠻丹砂所出尚書大傳曰夏成五服外薄四海主諸靈龜陰谷玄玉鄭玄注所貢物

白鷴　丹鵠 葛洪西京雜記曰閩越王獻高祖白鷴各一雙高祖大悅厚報使者王子年拾遺記曰塗國獻青鳥丹鵠各一雄一雌

然芳苡　置蔓苔 郭子横洞冥記曰元鼎元年起招仙門於閣上然芳苡灯此草形如麻奔盧國來獻王子年拾遺記曰晉惠帝時祖梨國貢蔓苔色如金縈叢如雞卵投水中蔓延波瀾之上如火宮人有幸者以金苔賜之置漆盤中照燭滿室名曰夜月

桴苡　荃蘼 周書成王時康人獻桴苡者其實食之宜子孔晁注曰康人亦西戎之別食芳苡即有身郭子横洞冥記曰光和元年波祇國亦名波弋國獻神精香草一名荃蘼亦名春蕪一根而百條其枝間如竹節柔軟其皮如絲可爲布所謂春蕪布亦曰香荃堅密如冰紈也握之一片滿宮皆香婦人帶之弥芬馥也

香橘　文瓜 楊孚異物志曰橘爲樹白華而赤實皮既馨香裏又有美味交阯有橘官長一人秩三百石主歲貢御橘王逸荔枝賦曰大哉聖皇處乎中州東野貢落疏之文瓜南浦上黃甘之華橘

古黃馬　茲白牛 周書曰成王時犬戎獻文馬文馬赤鬣縞身目若金名曰古黃之乘孔晁注曰犬戎西戎之遠者又成王時大夏獻茲白牛茲白牛野獸也牛形而象齒孔晁注曰大夏西北戎也

合枝李　同心梨 葛洪西京雜記曰初修上林苑群臣遠方各獻異果有合枝李又段龜龍凉州記曰呂光時燉煌太守宋歆獻同心之梨

吉光裘　昆吾劍 東方朔十洲記曰天漢三年西國王使使獻吉光裘列子曰周穆王征西戎獻昆吾之劍赤刀切玉如切泥

紫玉壺　青

金鏡 交州雜記曰太康四年林邑丁氾能獻紫水精唾壺一口青白水精唾壺二口山海經曰堂夜之山多水玉郭璞注水玉即水精也郭子橫洞冥記曰望蟾閣上有青金鏡廣四尺元光中波祗國獻此青金鏡照見魑魅百鬼不敢隱形

詔 梁沈約酬荆雍義士獻物者詔 昔義舉之初人懷自竭輸賦釐產同致厥誠言稔一槩思有所酬其雄荆郢三州有獻物助軍國者外可詳加蠲報

中宗孝和皇帝斷進獻奇巧制 朕凝懷紫宙滌想丹闕考于古之澆淳稽百王之治亂嵩宮茅柱實興國之清猷玉席珠衣乃危邦之弊化朕自承天纂運佩日披圖希齊鷇飲之年願躡鶉居之代漢文提曷少小留心晉武焚裘生平措意頃爲皇符肇建寶廟初登春彼王公多爲進奉莫不龍歌令節蛟食芳辰椒花獻頌之時菊蘂浮觴之日或雕金鏤玉採六合之珍奇或剪翠裁紅飾三春之草樹上行延納下務經求鄽開紛紜公私逼迫昇平欲濟蠹害非輕言念於兹深無所謂即宜懲革勿至因循

薦舉第四

敘事 大戴禮記曰古者諸侯貢士一適謂之好德再適謂之賢三適謂之有功乃加九錫不貢士一則黜爵再則黜地三而黜爵地畢矣 爵地俱削盡也 白虎通曰諸侯所以貢士於天子者進賢勸善者也天子聘求之者貴義也治國之道得賢即治失賢則亂故月令季春之月開府庫出幣帛周天下勉諸侯聘名士禮賢者有貢者復有聘者以爲諸侯貢士庸者貢其身盛德者貢其名及其幽隱諸侯所遺失天子之所昭故聘之也周官小司徒之職三年則大比考

其德行道藝而興賢者能者鄉老及鄉大夫帥其吏與其衆寡以禮賓之厥明鄉老及鄉大夫群吏獻賢能之書于王王再拜受之登于天府內史貳之退而以鄉射之禮五物詢衆庶此謂使人興賢出使長之使民興能入使治之漢書博士官置弟子五十人復其身郡國縣官有好文學二千石謹察可常與計偕詣太常得受業如弟子一歲皆輙課能通一藝以上補文學掌故歎其高第可以爲郎中太掌籍奏即有秀材異等輙以名聞昭帝時舉賢良文學增博士弟子員滿百人又歲課甲科四十人爲郎中乙科三十人爲太子舍人丙科二十人補文學掌故先是又命列侯中二千石諸侯相舉賢良方正直言極諫之士并令州察吏人有茂材異等可爲將相及使絕國者命郡國舉孝悌有行義聞於鄉里者令三輔太常舉賢良郡國學高第自比而公卿大夫士吏彬彬多文學之士此薦舉之制

【事對】

登庸　亮采　尚書曰帝曰疇咨若時登庸孔安国傳曰疇誰庸用也誰能咸熈

續順是事者將登用之也又曰舜曰咨四岳有能奮庸熙帝之載使宅百揆亮采惠疇

薦白屋 **揚紫庭** 韓子曰趙武薦四十六人於其君及武之死也四十六人皆就賓位其無私德者若此又曰趙武以薦白屋之士管庫者六十家劉琨薦任尤文武士相見別駕從事任尤識量簡大執心貞固使琨得對揚紫庭必能撫翼霜露增崇台曜任蒙亮采以弘急賢之義

方正 **孝廉** 漢書武帝詔曰丞相御史列侯二千石諸侯相舉賢良方正之士又武帝詔曰令詔書昭先帝聖緒令二千石舉孝廉所以化元元移風易俗也

齊函 **投板** 陳壽益部耆舊傳曰嚴羽字子翼仕郡功曹刺史辟爲從事郡舉孝廉曰大士貢名下士貢身齊函貢身非高士也辭孝廉取吏部除無錫長周斐汝南先賢傳曰黃穆字子敬安成人也爲郡主簿忠上率下朝廷肅清太守荆寓舉穆孝廉乃薦讓殷仲才寓不聽遂懷板入見寓曰若仲才者六選之首也而穆先之適足以與謗議便投板於内出則卧病寓知不可移遂從之

利賓 **充賦** 周易曰觀国之光利用賓于王 漢書晁錯策曰下臣充賦

翹車 **賁帛** 逸詩曰翹翹車乘招我以弓尸子曰堯有建善之旌漢書曰以安車蒲輪徵枚乘易曰束帛戔戔賁于丘園

弓旌 **蒲帛** 並見上注

舉直諫 **進奇謀** 漢書曰武帝詔丞相御史列侯中二千石諸侯相舉賢良方正直言極諫之士又曰魏無知既進陳平漢王以爲亞將絳侯説之云盜嫂受金漢王疑以讓無知對曰臣之所言者能也陛下所問者行也今有尾生孝已之行而無益於勝敗之數陛下何暇用之乎今楚漢相拒臣薦奇謀之士顧其計誠足以利国耳盜嫂受金安足疑也

貢天朝 **薦宰相** 虞預晉書曰何楨字元幹爲弘農郡守有揚囂生爲郡吏楨一見便待以不臣之礼遂貢之天朝趙穆別傳曰汲郡脩武趙君年三十七四薦宰相不就元康三年太守芊伊以爲四科之貢宜盡国美遂扶輿激喻以光歲貢

式百寮 **化九服** 范曄後漢書曰尚書陳忠上䟽薦劉愷曰伏見前司徒劉愷頻歷二司舉動得礼以疾致仕進退有度百寮景式海内歸懷又何法盛晉中興書曰桓溫上䟽薦譙秀曰竊聞巴西譙秀植彩貞固抱德肥遯若蒙蒲帛之徵足以鎮静頽風軌訓囂俗幽遯仰流九服知化

丹

墀珥筆　紫宮論道杜預舉賢良方正表曰案蘇賛布行於草野著德於閭閻放心直意若得珥筆丹墀推訪格言必有諤諤匪躬之節陸雲薦張瞻文曰若得言論端委太學錯總藝文垂纓玉陛論道紫宮誠帝宮之瑰寶清廟之偉器

增暉日月　垂光虹蜺司馬彪續漢書曰陳蕃胡廣上疏薦徐孺子等曰伏見處士豫章徐孺子彭城姜肱德行純備著于人聽若使擢登三事協亮天工必能翼宣盛美增輝日月矣孔融薦祢衡表曰伏見處士祢衡淑質貞亮英才卓犖若得龍躍天衢鳳奮雲漢垂光虹蜺足以近置之多士

詩

梁劉漑等儀賢堂監策秀才連句詩雄州試異等揚庭乃專對顧學類括羽奇文若錦繢劉漑滋蘭成秀畹照車光亦琲攝官惡簪帶疲痾謝名華盧舜乙奏飲餘列甲科光往載深奇無絶蹤孫董有遺槩伏挺春風涵宛轉遲光乍眀昧列秀揔中筵群才盛皇代王瑩如綸夾影響裁蕭啓曚昧彫龍既已彰青紫行當佩王顒褢然既玉響高粲亦蘭綷廣川良易追淄水非難配貢士光相門搜賢盡幽塞善説理無窮借書心靡誨來彦名東西翼亮更出内康哉信在今伊余事耕耒

詔

梁任昉求薦士詔夫進賢茂賞蔽善明罰前王盛則咸必由之朕纂統鴻業寅畏大寶思求俊異協賛維熈歷聽九功物色輿皂而白駒盈谷蓑楚未刈是以臨朝永歎日旲伊佇便可博詢卿士各舉所知將量才授能擢以不次庶同則哲之明副朕急賢之意

隋江揔舉士詔堯施諫鼓禹拜昌言求之異等又著前冊舉以滯淹復聞昔典斯乃治道之深規帝王之切務朕以寡昧恭承鴻緒未明虛已日昃增懷百揆多紊四聰弗達思聞蹇諤採其默語三公已下各薦所知㑋詢管庫爰及輿皂一介有能片言可用朕親加聽佇茲啓沃

表

沈約舉胡元秀表竊惟經邦御遠雖待大賢擢鋒犯鏑亦資小用伏見錢塘新成主胡元秀早歲駈馳意幹強果矛盾之用氣淩百夫若[illegible]之六師之間處之一旅之上必能前奮獷敵却沮強胡臣實[illegible]懦不窺武節昧妄輕言伏懔悚懼

奉使第五

叙事

魏武選舉令曰夫遣人使於四

方古人所慎擇也故仲尼曰使乎使乎言其難也案周官小行人掌邦國賓客之禮籍以待四方之使者凡四方之使者大客則擯小客則受其幣聽其辭行夫掌邦國傳遽之小事凡其使也必以旌節毛詩曰皇皇者華君遣使臣也四牡勞使臣之來也又風俗通云周秦常以歲八月遣輶軒之使採異代方言還奏之永藏祕室漢舊儀奉璽書使者乘馳傳其驛騎也三騎行日夜千里爲程又說苑曰明君之使人也任之以事不制以辭此奉使之事也其稱謂有行李左傳曰行李之往來杜預注行李行人也行人論語曰行人子羽脩飾之注曰行人掌使之官凡國之將命遣使往曰奉命來曰復命一曰報命亦曰歸報

事對

天節　皇華韓楊天文要集曰天節星主奉使小而明即使忠正皇華見敘事

執圭　持斧禮記曰大夫執圭而使所以申信也漢書曰武帝末郡國賊盜群起拜暴勝之爲直指使者衣繡持斧捕盜賊

埋輪　攬轡司馬彪續漢書曰漢安帝元年遣八使巡行風俗張綱埋其輪於洛陽都亭曰豺狼當路安問狐狸遂奏大將軍梁冀河南尹不疑十五事書奏御京師震悚又曰冀州饑荒乃以范滂爲清詔使滂按察之滂登車攬轡慨然有澄清天下之志

獻節　張旌左傳曰秦伯使西乞術來聘且言將伐晋襄仲辭焉荅曰寡君得徼福于周公魯公以事君不腆先君之弊器而使下臣致諸執事以爲瑞節要結好命所以藉寡君之

命結二国之好是以敢致之蜀志曰陳震字孝起入拜尚書遷尚書令奉命使吳賀孫權踐祚震入吳界移關候曰東之與西驛使往來冠蓋相望申盟載好日新其事震以不才得充下使即日張旍語衆各自約誓國有典制權或有違幸必斯誨示其所宜

謁關 **移候** 儀禮曰使者及境張旝誓乃謁關人鄭玄注曰謁告也蜀志曰陳震奉使入吳賀孫權踐祚作入吳界移關候見上

展幣 **襲圭** 儀禮曰使者及舘展幣於賈人之舘如初又曰賓入門左公再拜賓避不荅拜又賈人東面坐啟櫝取圭垂繅賓襲執圭鄭玄注云執圭盛禮也又畫飾爲相致敬也

河源 **海上** 史記曰漢使窮河源其山多玉石采來云云又天子巡邊至朔方使郎吉告單于單于怒遷吉北海上

赤帷 **白蓋** 司馬彪續漢書曰大使車五乘駕駟赤帷持節者重道伍百弰弩十二人又曰小使車蘭輿赤轂白蓋從騶騎四十人

奉璧 **拭圭** 史記曰趙惠文王時秦昭王遺趙王書願以十五城易和氏璧藺相如奉璧入秦又儀禮曰賓朝服立東西面賈人北面坐拭圭鄭玄注賓使者拭清之也

遺鴻 **獻鵠** 魯連子曰臣无所爲魯君使遺齊襄君鴻至濉而[illegible]浴鴻鴻失其裝在御者曰鴻之毛物可使若一能買鴻耳无所曰吾非不能買鴻也是上隱君下易幣无所不敢劉向説苑曰魏文侯使舍人无擇獻鵠於齊侯无擇行道失之後獻空籠曰非无錢以買鵠惡輕易其幣

受命 **從宜** 儀禮曰使者載旝帥以受命于朝禮記曰使從宜禮從容

受圭 **還玉** 儀禮曰使者受圭垂繅以命又曰君使卿皮弁還玉于舘賓受圭退負右旁南立

星飛斗 **風入律** 漢書曰飛星大如缶出西南入斗下占曰漢使匈奴明年匈奴單于彫陶莫皐死遣中郎將揚興使匈奴十洲記曰天漢三年西國王使使來獻使者曰常占東風入律百旬不休青雲干呂連月不散中國將有好道之君我國故搜奇蘊而貢神香乘毛車以濟弱水于今十三年矣

賦

隋江揔辭行李賦 維大梁三十有六載神功懋乎開闢垂恩儲祉屢子代之盤盂盛德形容陋周年之弇石月窟向風日域仰澤要荒款塞諸戎重譯輶軒巡履聲芳亥步旌節經過事高禹跡舉皇華之盡美馳珽玉之多事或江夏之无雙疋洛陽之才子訪羽儀于廊廟旌秀異於

杞梓引強學之三端賞彫文於四始顧從侗於罕志奉朝章於
信次天鳳舉而張旃濟龍沙而通書敏異季札之聽歌譽兼屬
国之銜使懷蘇子之抵掌憶千秋之畫地願自勵而飲水揆无
庸而寀巒嗟負恩之无力每若寘於蒹棘倏辭東平之樂善冊
踐承明而遊息豈義千里之奔踶寧殊一錢之不直諒无期於
鴻漸念有似于蟬翼荷德澤之霈然睠冊愚之匪飾慙借譽於
瑟柱免長徭於蕊極聊暇日以須臾每長吟以鬱紆異金石之
能固若草木之分區進學慙於枝葉綿力謝於康衢構伯休之
蓬戶狎仲憲之桑樞徒悅水而非智庶因谷以爲愚耻矯
名於周客寧濫響於齊竽奉棲遲以偃仰願太素之不污

詩

北齊裴讓之公館讌酬南使徐陵詩

嵩山表京邑
鍾嶺對江津
方域殊風壤分野各星辰出境君圖事尋盟我恤隣有才稱竹
箭无用忝絲綸列樂歌鍾響張旃玉帛陳皇華榮受命垂譽本
无因韓宣將聘楚申胥欲去秦方當飲河朔翻屬卧漳濱禮酒
盈三獻賓筵盛八珍歲稔鳴銅爵兵戢坐金人[redacted]來朝起蓋日
落晚推輪異国猶
兄弟相知无舊新

周庾信將命至鄴詩

大国修聘禮
親隣自此敦

張旃事原隰負序報成言西過犯風露北指度轘轅交歡值公
子展覿遇王孫何以譽嘉樹徒欣賦采蘩四牢盈折俎三獻尽
壘樽人臣无境外何日欣此言風俗既殊阻山河不復
論无因旅南館空欲祭西門眷然唯此別風期幸共存

隋虞茂在南接北使詩

會王二崤至瑞節三秦歸林蟬踈欲
盡江鴈斷還飛牆垣祟客館旌蓋入
王畿共此敦封
植方當篤紵衣

書

梁劉孝儀北使還與永豐侯書

足踐寒地身犯朔[redacted]暮宿客亭晨炊謁舍飄飄辛苦迄屆氈鄉
雜種覃化頗慕中国而毳幙難淹酪漿易猒王程有限時及玉
關射鹿胡奴乃共歸国刻龍漢節還持入塞馬銜苜蓿斯還故
墟人獲蒲萄歸種舊里少子出迎善隣相勞倦[redacted]盤蝥亟覆蠘
梡每取朱顏略多自醉
用此終日亦以自娛

假第六

敘事 急告寧皆休假名也釋名曰急及
也言操切之使相逮及也李斐漢書曰告請也

言請休謁也寧安也告曰寧也漢律使二千石有予告有賜告予告者在官有功最法所當得者也賜告者病滿三月當免天子優賜其告使得印綬將官屬歸家理疾至成帝時郡二千石賜告不得歸家自馮野王始也休假亦曰休沐漢律吏五日得一下沐言休息以洗沐也晉令急假者一月五急一年之中以六十日爲限千里内者疾病申延二十日及道路解故九十五日此其事也書記所稱曰歸休亦曰休急休澣

取急請急又有長假併假

事對

賜告 **分休** 賜告見叙事王威別傳曰威少爲郡吏刺史劉表題門上有能陳便宜益於時不限厮役賤長以聞威因陳事得署州吏大蜡分休

荷擔 **杖策** 謝承後漢書曰許荆字子張少喪父養母孝順家貧爲吏无有船車休假常單步荷擔上下清節稱於鄉里又曰范冉字史雲陳留人也爲郡功曹每休假上羽常單步策杖同類以車牛與之不取

祝問疾 **吴拜老** 謝承後漢書曰祝告字子春志節抗烈篤於仁義爲吏歸休先周旋鄉里吊死問疾畢乃還家又曰吴馮字子高爲州郡吏休假先存恤行喪孝子次瞻病畢拜覲鄉里耆老先進然後到家名昭遠近

離兵 **解職** 王隱晉書曰王尼字季孫洛中貴盛名士王澄胡毋輔之李垣等皆與尼交時尼爲兵在大將軍幕澄等持羊酒詣軍門吏疏名内請入見大將軍澄等既入語吏過王尼炙羊飲酒訖而去竟不見將軍將軍聞之因與尼長假遂得離兵晉起居注曰孝武太■元年詔大臣疾病假滿三月解職

遊集 **定省** 劉義慶世説曰車武子爲

侍中與東亭諸人期共遊集車早急出過詣王子敬車求去王
問何以忩忩車荅曰與東亭諸人期共行王曰卿何乃作此不
急行車遂不敢去盡急而還宋書曰王敬弘子恢之爲秘書郎
恢之嘗請假還家來定省敬弘剋日見之至輙不果假日將盡
恢之乞求奉辭敬弘
呼前至閤復不見

造渚 還都

張■文士傳曰顧榮兼
侍中安慰河北以前後
功封嘉興伯榮觀中国日弊乃併求急還南既造江渚欣然自
得鄧粲晉紀曰郭璞爲王敦叅軍知敦作乱受假還都露布以
討温嶠爲名及至建康南坑殺叅軍郭璞初桓
彛常令璞筮卦卦成彛問其故璞曰卦與吾同

詩 **齊謝朓**

休沐重還道中詩

薄遊第從告思閑願罷歸還卭歌賦
■休■車騎非灞池不可別伊川難
重遠汀葭稍靡靡江菼復依依田鶴遠相叫沙鳥忽爭飛雲端
楚山見林表吳岫微試與征徒望鄉淚盡沾衣頼此盈樽酌含
景望芳菲問我勞何事霑沐仰清徽志狹輕
軒冕恩甚戀庭闈歲華初有酒初服偃郊扉

梁沈約休沐

寄懷詩

雖云万重嶺所翫終一丘階墀幸自足安事遠遨遊
臨池清溽暑開幌望高秋園禽與時變蘭根應節抽
安椎埈館

凴軒搴木末垂堂對水周紫籜開綠篠白鳥映青疇艾葉彌南
浦荷花遶北樓送日隱曾閣引月入輕幬爨■寒蔬翦賔來春
羲浮來往既云
勸光景爲誰留

隋江揔休沐山庭詩

洗沐惟五日棲
遲對一丘古槎
攢近澗巴石登前洲岸綠開河柳池紅照海榴野
花寧辯晦山蟲詎識秋人生復能幾夜燭非長遊

文 **梁沈**

約奏彈孔稚珪違制啓假事

臣聞禁憲有章士子攸
慎守官有典觸綱斯及
蓋所以崇威闡法下肅上尊謹案廷尉會稽品中正臣稚珪歷
奉朝班頻登要近九棘之任理无休謁肙制千聞實虧恒典恩
許雖降所制不闋違犯之條猶合糾黜且稚珪術自内轄作士
下闈通制明文日陳几案自踰規距莫斯爲甚臣等叅議請以
見事免稚珪所居官除
中正官名輙下禁止

又奏彈奉朝請王希聃違假

謹案奉朝請臣王希聃幸齒朝班私敬蓋闕休請有期曾无遄
及違弛之愆允膺裁糾臣等叅議請以見事免所居官輙下
禁
止

醫第七

敘事

說文曰巫彭初作醫帝王世記曰黃帝使岐伯嘗味草木典醫療疾今經方本草之書咸出焉周官曰疾醫掌萬民之疾病四時皆有癘疾春時有痟首疾夏時有痒疥疾秋時有瘧寒疾冬時有嗽上氣疾（痟酸削也首疾頭病）以五味五穀五藥養其病（養猶治也）以五色五氣五聲視其死生兩之以九竅之變參之以五藏之動凡民之有疾病者分而治之又曰瘍醫掌腫瘍潰瘍金瘍折瘍凡療瘍以五毒攻之以五氣養之以五藥療之

以五味節之物理論曰夫醫者非仁愛不可託也非聰明理達不可任也非廉潔淳良不可信也是以古之用醫必選名姓之後其德能仁恕博愛其智能宣暢曲解能知天地神祇之次能明性命吉凶之數處虛實之分定逆順之節原疾疢之輕重而量藥劑之多少貫微達幽不失細小如此乃謂良醫且道家則尚冷以草木用冷生醫家則尚溫以血脉以煖通徒知其大趣不達其細理不知剛柔有輕重節氣有多少進退

盈縮有節却也名醫達脉者求之寸口三候之
間則得之矣度節氣而候温冷參脉理而合輕
重量藥石皆相應此可謂名醫醫有名而不良
者有無名而良者人主之用醫必參知而隱括
之

事對

六技　四家 范曄後漢書曰郭玉者廣漢人初有老父釣於涪水因号涪翁著針經脉法弟子程高尋求積年翁乃授之玉少師事高學方許六微之技爲太醫丞劉歆七略曰論方技爲四家有醫經家有方家有房中家有神仙家

九折　十全 楚辭曰九折臂而成醫周禮醫師掌醫之政令聚毒藥以共醫事歲終則稽其醫事十全爲上十失一次之十失四爲下

切脉　攻理 史記曰扁鵲謂虢太子中庶子曰越人之爲方也不待切脉望色聽声寫形表准正論曰良醫療病攻於腠理

高手　鴻術 司馬彪續漢書曰東平王蒼到国病詔遣太醫丞將高手醫視病郭璞巫咸山賦序曰蓋巫咸者以鴻術爲帝堯之醫

含血　舐痔 韓子曰醫蓋吮人之腸含人之血非有肌骨之親也利之所加也莊子曰秦王有病召醫舐痔者得車五乘也

出蚍　走獺 華陀別傳曰河内太守劉勲女苦左膝裏瘡痒迎陀使視陀以繩繫一犬於馬後走馬牽犬犬困不能行因取斷膓以向瘡口須臾有若蚍者從瘡中出長三尺又劉敬叔異苑曰廣陵下廟宋元嘉中縣人張氏女日暮宿祠門下夜有物假作其壻來女認理乃錯海陵王纂能療邪鬼始下一針有一獺從女被内走出

四難　三折 范曄後漢書曰郭玉療貴人時或不愈帝問其故對曰有四難焉自用不在臣一難將身不謹二難骨節不强三難好逸惡勞四難孔叢子曰梁丘據遇虺毒三旬不瘳齊列大夫並獻攻療之方據弟子曰梁丘已療矣而驟獻方欲梁丘復有虺害乎孔子曰三折臂爲後爲醫梁丘據有之司侯必問已方故衆人言方耳

湔腸滌藏　解顱理腦 史記曰號太子死扁鵲至虢国中庶子曰㬥蹷而死扁鵲曰尚可活也庶子曰先生得无誕乎臣聞上古有俞附療病不以湯液乃割皮

解肌湔洗腸胃漱滌五藏又抱朴子曰淳于解顱而理腦

穿胃納餅　刮骨去毒 抱朴子曰

文摯愆筋以療危困仲景穿胃以納赤餅此但醫家猶能若是

蜀志曰關羽爲流矢貫臂每陰雨常疼痛醫曰矢鏃有毒當破

臂刮骨去毒

乃可除之也

詩

宋鮑昭過銅山掘黃精詩 玉肪閟中經水

芝之韜內籍寶餌緩童年命藥駐衰曆矧蓄終始情重掩烟霧迹

羊角棲斷雲墻口流隘石銅溪晝森沉乳竇夜涓滴既類風門

磴復像天井壁蹀蹀寒葉離漈漈秋水積松色隨野深月露

依草白空守江海思豈貴梁鄭客仁愛古无怨順道令何惜

梁吳均採藥大布山詩 我本此山北緣澗採山麻九莖日澗照三葉長生花可以蠲憂疾聊持駐

景斜景斜不可駐年來果如[redacted]安得崑崙山偃蹇三珠樹三珠

樹始荄絳葉淩朱虛玉壺白鳳胇金鼎青龍胎韓衆及王子何

代无仙才安期儻

欲顧相見在蓬萊

梁江淹採石上菖蒲詩 瑶琴久蕪没金鏡廢不看

不見空閨裏縱橫秋思端緩步遵行波揚栧沉春瀾竇赤烟流

綺水淥涵輕丹憑酒意未悅半景方自歎每爲憂見及杜若詎

能寬異採石上草得以駐衰

頹赤鯉儻可乘雲霧不復還

讚

宋王微茯苓讚 皓苓下居拔紛

上會中狀雞鳧具容龜蔡神侔少

司保延幼艾終志不移柔紅可佩

又禹餘糧讚 既波瀝浸徒謂範常

沉靈祕用神哉无方阡疇不惠

稼穡非芳明德偶功信在餘糧

又桃飴讚 阿鹿續氣胡膠屬絃未若桃飴

越地通天液首化玉酏貌

定仙人知暍日胡不蔭年

又黃連讚 黃連苦味左右相因斷涼滌暑闡命輕身縉雲

昔御飛蹕上旻不

行而至吾聞其人

文

梁簡文帝勸醫文 天地之中唯人最靈人之

所重莫過於命雖脩短有分年壽縣天然而寒暑反常嗜慾乖

節故沉寒應首致斃不同伐斧爛腸摧年匪一拯斯之要實在

良方亦有騷人起詠彭殤秦国之稱和緩季梁之遇盧氏號子

之值越人爰至久視飛仙長生妙道猶變六一於金液改三七

於銀九畜玉字之[redacted]研紫書之奧桃膠何是北斗靡錄其形金漿

非遠明珠還恥其價能使業門之下鼓響獨傳雍祀之傍簫声

猶在周礼疾醫掌萬民之疾病者分而理之歲中則各書其所

以入于醫師知其愈與不愈以爲後法之戒也理疾者衆必盍

浪酬賓[redacted]人者多愛人者鮮是則日處百方月爲千軸未常不輕其藥性任其死生淳華之功於何而得及其愛染親屬情切友朋患起膏肓痾與俞附雖欲尽其理切思无所出何以故然本不素習卒難改變故也胡麻鹿藿繞救頭痛之痾麥麴芎藭暫止河魚之腹思不出位事局轅下欲求反[redacted]者於玄都揚巳名於緑籍其可得乎

卜第八

敘事

元命包曰古司怪主卜世本曰巫咸作筮禮記曰龜曰卜著曰筮白虎通曰乾草槁骨衆多獨以著龜何龜之言久也著之言耆也尚書洪範五行傳曰此禽獸草木之壽久而能知吉凶也龜人掌六龜之屬各有名物天龜曰靈屬地龜曰繹屬東龜曰果屬西龜曰靁屬

南龜曰獵屬北龜曰若屬卜師掌開龜之四兆一曰方兆二曰功兆三曰義兆四曰弓兆開開出其書占之也經兆一百二十體言四兆者爲分四部若易之三篇凡卜視高揚火以事作龜致其墨筮人掌三易辨八筮之名一曰連山二曰歸藏三曰周易九筮之名一曰巫更二曰巫咸三曰巫式四曰巫目五曰巫易六曰巫比七曰巫祠八曰巫參九曰巫環以辨吉凶巫皆讀爲筮字之誤也更爲遷都邑也又禮記曰卜筮者先聖王之所以使人信時日敬鬼神畏法令决嫌疑定猶豫也

故周易曰定天下之吉凶成天下之亹亹者莫
大於蓍龜也蓍之德圓而神卦之德方以智神
以知來智以藏往洪範五行傳曰若煩數瀆
或不精嚴神不告也或觀卦察兆占不得也或
龜不神蓍不靈此其所以過差聖人不得專用
也龜筮共違于人神靈不祐也

事對

握粟 操金 毛詩曰哀我塡寡宜岸宜獄握粟出卜自何能穀鄭玄注可哀哉我窮盡寡財之民仍有獄訟之事持粟行卜求其勝負從何能得善戰國策曰鄒忌爲齊相田忌爲將不相悅鄒忌以告公孫閈閈使人操十金而卜於市曰我田忌人也吾三戰三勝声威天下欲爲大事亦吉否卜者出因令捕卜者而驗其辭於王前田忌遂走

三兆 六龜 周礼太卜掌三兆之法六龜見叙事

供燋 揚火 周礼華氏掌供燋契以待卜事杜子春注曰燋讀如薪樵之樵謂所爇灼龜之木揚火見叙事

神諗 象告 陳琳大荒賦曰假龜筮以貞吉問神諗以休祥易曰八卦以象告韓康伯注曰以象告人吉凶

大黃 小數 史記曰高后崩丞相陳平等使人迎代王計未定遂卜之龜兆得大黃庚余爲天王夏后以光抱朴子曰卜召小數飾福者謂知來之妙

龜猷 筮瀆 毛詩曰我龜既猷不我告猷鄭玄注卜筮數而瀆龜龜靈猒之不復告其所圖之吉凶也言雖得兆繇不中也易曰初筮告再三瀆瀆則不告

穆卜 枚占 尚書曰武王有疾不豫二公曰我其爲王穆卜歸藏曰昔者河泊筮與洛戰而枚占昆吾占之不吉也

孔愀 顔笑 家語曰孔子嘗自著而卦得賁愀然有不平之狀子張進曰賁是吉卦夫子色有不平何也孔子曰山下有火賁非正色也衡波傳曰孔子使子貢往外而未來謂弟子占之遇鼎皆言無下足不來顔子掩口而笑曰無足者乘舟而來賜至矣淸朝也子貢果朝至

代陳 獲晉 左傳曰陳厲公生敬仲周內史筮之遇觀之否

日是謂觀国之光利用賓于王其代陳有国乎又曰秦伯伐晉卜徒父筮之吉涉河晉侯車敗詰之對曰乃大吉也三敗必獲晉君果如其言

法天地 敬鬼神 史記曰卜法天地象四時礼記曰卜筮者先聖王所以使人信時日敬鬼神畏法令

齊小大 差尊卑 易曰齊小大者存乎卦韓康伯注曰卦有小大也齊猶言辨也周礼圖曰大夫已上事卜且筮士則但筮尊卑之差

筮短龜長 陽奇陰耦 左傳曰晉獻公欲以驪姬為夫人卜之不吉筮之吉公曰從筮筮短龜長不如從長易曰陽卦多陰陰卦多陽其故何也陽卦奇而陰卦耦

刑罰第九

叙事

春秋元命包曰刑者侀也說文曰刀守井也飲之人入井陷於川刀守之割其情也罔言為詈刀守詈為罰罰之為言內也陷於害也井飲人則人樂之下已則自陷於川故加刀謂之刑欲人畏懼以全命也罰以刀守之則不動矣今作罰用寸寸丈尺也言納以繩墨之事

古之用刑者畫象而不犯蓋上刑赭衣不純中刑雜屨下刑墨幪以居州里而人恥之見尚書大傳

故白虎通曰五帝畫象者其服象五刑也犯墨者蒙巾犯劓者赭其衣犯髕者以墨幪其髕處而畫之犯宮者屨扉犯大辟者布衣無領尚書云五刑有服此之謂矣一云以畫跪當黥草纓當劓以屨扉當則以艾韠當宮凡斬人之支體鑿其肌膚曰刑畫衣冠異章服曰戮之義也見慎子

後世嚴刑而人不禁故大刑用甲兵其次用斧鉞中刑用刀鋸其

次用鑽鑿薄刑用鞭朴見國語 故尚書呂刑云惟敬五刑以成三德五刑者墨罰之屬千劓罰之屬千剕罰之屬五百宫罰之屬三百大辟之屬二百五刑之屬三千又周官大司寇之職以五刑糾萬民一曰野刑上功糾力二曰軍刑上命糾守三曰鄉刑上德糾孝四曰官刑上能糾職五曰國刑上愿糾暴鄭注糾謂察異也 至秦用商鞅又設連坐之法造參夷之誅加肉刑大辟者有鑿顛抽脅鑊烹之法見漢書 蓋德多刑少者五帝也刑德相半者三王也刑多德少者五霸也純用刑而亡者秦也見桓範世要論

事對

明罰 致刑 易曰雷電噬嗑先王以明罰勑法又曰雷電皆至豐君子以折獄致刑

五辭 三讓 尚書曰兩造備具師聽五辭周礼秋官曰凡民有邪惡者三讓而罰

折獄 要囚 折獄見致刑注尚書曰要囚服念五六日至于旬時孔安国注云要囚謂其要辭以折獄也

天罰 國刑 尚書曰今予惟龔行天罰周礼曰五刑五曰国刑

甲兵 鞭策 国語曰臧文仲言僖公曰大刑用甲兵次刑用斧鉞中刑用刀鋸次刑用鑽鑿薄刑用鞭朴以威民也白虎通曰五刑五帝之鞭策也

六典 三章 周礼曰大司徒之職掌建邦之六典以佐王刑邦國漢書曰高祖初入關約法三章

約法 省刑 約法見三章注續漢書曰建武二年詔曰與中二千石諸大夫博士議郎省刑罰也

弃灰 救火 韓子曰殷之法弃灰於衎者刑子貢以重問之仲尼仲尼曰弃灰於衎必燔人人必怒怒則鬭鬭則三族相殺然則雖刑之可也又曰魯燒積澤天北風火南向恐燒国哀公自將衆趣救火者人盡逐獸而火不救乃召仲尼而下令曰不救火者罪

逐獸者比入禁之罪
令下未徧火遂救矣**刑書** **政典**尚書曰哀敬折獄明啓刑書又曰政典曰先時者殺
無赦不及時者殺無赦孔安
国云政典夏后氏爲政之典**燁電** **積陰**詩含神霧曰燁燁震電不寧不令此
應刑政之太暴故震電驚人使天下不安漢書董仲書云陽爲
德陰爲刑陽常居大夏而生育養長爲事陰居大冬而積於虛
空不用之處以此見天之任德不任刑者也**赤衣** **丹筆**漢名臣奏事曰唐林云秦設重刑而群盜盈山
赤衣半道謝承後漢書曰盛吉爲廷尉每至冬節罪
囚當斷妻夜執燭吉持丹筆夫妻相對垂泣決罪**明察** **平**
反漢書曰于定国爲廷尉明察寬恕黃霸等以爲■平■雋不疑爲京兆尹每行得囚徒其毋輒問不疑有所平反活幾何人不疑云多所平反其毋乃喜也**晝斷** **秋讞**漢書曰秦始皇專任刑罰躬操文墨晝斷獄夜治書
漢書于定国爲廷尉季秋後請讞時上
常幸宣室齋居而決事刑獄號平反也**樹槐** **叢棘**春秋元命
包曰樹棘槐聽訟於其下棘赤心有刺言治人者原其心不失
其實事所以刺人其情令各歸實槐之言歸也情見歸實周易
曰習坎上六云係用徽纆寘于叢棘三歲不得凶王弼注曰險
峭之極不可升也嚴法峻整難可犯也宜其囚執寘于思過之
地

詩 **虞世南賦得慎罰詩**帝圖光往冊上德表鴻名道冠二儀始風高三代英
樂和知化洽訟息表刑清罰輕猶在念勿喜尚留情明慎全无
枉哀矜在好生五疵過亦察二辟理弥精幪巾示廉恥嘉石務
詳平每削繁苛性常深惻隱誠政寬思濟猛疑罪必從
輕于張懲不濫陳郭憲無傾刑措諒斯在歡然仰頌声

詔 **梁沈約使四方士民陳刑政詔**徑寸之寶或隱泥沙以人廢言君子斯戒朕聽
朝晏罷思闡政術雖百辟鄉士有懷必聞而蓄響邊遐未臻魏
闕或屈以貧陋或閒以山川頓足延首无因奏達豈所謂沉浮
靡隔遠迩兼得者哉四方士民若有欲陳刑政倫擬幽遠不能
自通者各在條布所懷於刺史二千石有可申採大小以聞■

又立左降詔刑弊政失其源已久罰罪之奏日聞於蚤朝弊獄之書亟勞於晏寢免黜相係補代紛紜一離愆囚
乃永歲月非所以弃瑕錄用隨分盡才者也是故減秩居官前
代通則貶職左遷徃朝繼軌自今內外群司有事者可開左降

之科

又降死罪詔 朕樹洪業光宅區宇而本枝之慶未廣洮掖滕衛之地猶闕蕃屏言念弓鬴□能忘懔笶三子始有盤石之資於焉弥固慶雖自已恩加罪及凡死罪可降一等五歲刑降二等三歲刑以下並悉原放

囚第十

叙事

風俗通曰囚遒也言辭窮情得以罪誅遒也禮罪人寘諸圜土故囚字爲口守人此其象也尚書曰囚奴正士又曰要囚服念五六日至于旬時不蔽要囚詩曰在泮獻囚周官掌囚掌守盜賊凡囚者鄭玄注云囚拘也此其事也

事對

籥動 杓虛 王充論衡曰赦令將至則擊室籥動獄中人當出故其感應令籥動也漢書曰有勾圜十五星杓曰賤人之牢牢中星實則囚多虛則開出詩含神霧云杓爲天獄

搶地 仰天 漢書司馬遷與任安書曰當此時也見獄吏則頭搶地視徒隸則心惕息史記趙高案問李斯拘執束縛居囹圄仰上天而嘆息曰嗟乎悲夫不道之君何可爲計

夏挺 冬決 礼記曰仲夏門閭无閉關市無索挺重囚益其食鄭玄注挺寬也謝承後漢書曰會稽盛大吉爲廷尉每至冬節罪囚當斷妻夜執燭吉持丹筆夫妻相向垂泣而決其罪

就格 促械 華嶠後漢書曰范滂以黨事下黃門北寺滂以同囚多嬰病乃請先就格遂與同郡袁忠等爭受楚毒奐叅魏略曰賈逵爲丞相主簿魏王欲征吳逵諫王怒付獄吏不即著械逵曰促著我械王且疑我在近職求緩於卿將遣人來察著械適訖果遣人視之

關三木 入五刑 漢書曰司馬迁書曰魏其大將也衣赭衣關三木尚書曰兩造具備師聽五辭孔安国注曰兩謂囚證造至也兩至具備則衆獄官共聽其入五刑之罪

係徽纆 拘囹圄 易曰習坎上六係用徽纆寘于叢棘三歲不得凶王弼注曰險陗之極不可升也嚴法峻整難可犯也宜其囚執寘于思過之地□淮南子曰拘囹圄者以日爲修當市死者以日爲短

解史

慈　出房廣　吳志曰太史慈常爲山越所執係纍弟自解
縛捉其手曰寧■神湯時耶若卿下時得我
云何慈曰未可量也策大笑曰今日之事與卿共之虞預會稽
典錄曰鍾離意爲堂邑令縣民房廣爲父報仇繫獄其母病死
廣聞之號泣獄中意爲悽愴出廣見之曰不　至冬　休臘
還之罪合自受之廣臨殯畢即自還獄也
至冬見冬決注中陳留耆舊傳曰虞延除細湯令每至
歲時伏臘輒休遣囚各歸家囚並感其恩應期而還　石室
金墉　吳越春秋曰吳王拘越王勾踐與大夫范蠡於石
室吳王疾越王謂太宰嚭曰囚臣請一見問疾太宰入
言吳王乃見越王也晉雜事曰齊王冏　孔衍
舉義兵囚趙王倫父子五人于金墉城　內宮　永巷　春秋
後語曰秦■公將九二人囚於內宮漢書
曰呂后爲皇太后乃令永巷囚戚夫人　流星入昴　澍雨還
宮　造揚天文要集曰流星入昴貴人有繫囚者東觀漢記曰和
帝永元六年七月京師旱幸洛陽錄囚徒舉冤獄未還宮而
澍　竹囚　梧象　晏子春秋曰景公樹竹令吏守之有斬竹
雨　者公以連逐之得而拘之晏子曰君人者

茶稚坡館

寬惠慈衆公令出斬竹之囚王充論衡曰李子長爲政欲知囚
情以梧桐爲之象囚形鑿地爲牀臥木囚其中罪正者不動冤
者木自　詩　隋虞綽於婺州被囚詩　窮達雖有命通
動出　誠負累皆恩已論
生臨危未能死待罪既不測■无已厚顏羞朋友囚心愧
妻子聖曰始東扶徂年迫西汜方違盛明代永向幽泉裏况當
此春節物候驚田里桃蹊日影乱柳逕秋風起動
植皆順性嗟余獨淪恥投筆不重陳此情寄知已　制　唐中
宗孝和皇帝慮囚制　礼防君子自昔通規律禁小人
由來共貫朕情存革務志枉懲
愆欲申作解之恩慮開徼倖之路非所以納人軌物垂裕後昆
既屬陽和之辰宜敦耕稼之業三農啓候方陳敬愛之規百姓
爲心爰軫泣辜之念將申慮降再釋徙牢庶无滯禁之冤仍示
小懲之誡其都城之內見禁囚徒朕特親慮仍令所司具爲條
例聞
奏

獄第十一

敘事　釋名曰獄确也言實确人情僞也

又謂之牢言所在堅牢也又謂之圜土言築土之表牆其形圜也又謂之囹圄囹領也圄禦也言領錄囚徒禁御也案急就章咎繇造獄後代因之風俗通云夏曰夏臺殷曰羑里周曰囹圄是也博物志云夏曰念室殷曰動止周曰稽留三代之異名也又狴牢者亦獄別名家語曰孔子爲大司寇有父子訟者同狴執之又詩曰宜犴宜獄韓詩外傳云鄉亭之繫曰犴朝廷曰獄則其事也

事對

囹圄 狴牢囹圄見敘事漢書曰有罪當械者皆頌繫應劭注曰頌者容也言見

寬容但處曹吏舍不入狴牢

屬杓 象斗漢書曰勾圜十五星杓曰賤人之牢牢星實則囚多虛則開出春秋元命包曰爲獄圓者象斗運合宋均注曰作獄圓者象斗運也

東市 北寺衛宏漢書儀曰東市獄屬京兆尹司馬彪續漢書曰范滂字孟博坐繫黃門北寺北寺獄吏謂曰凡坐繫皆祭皐陶滂曰皐陶賢者古之直臣知滂无罪特理之帝如其有罪祭之何益衆人由此止也

掖廷 郡邸史記曰武帝譴責鉤弋夫人脫簪珥叩頭帝曰引去送掖廷獄衛宏漢書舊儀曰郡邸獄理天下郡国上計屬大鴻臚也

見螻 夢蟻劉義慶幽明錄曰晉廬陵太守龐企字子及上祖坐事繫獄而非其罪見螻蛄行其左右相謂曰使尒有神能活我死不當■乎因投飯與螻蛄食尽去有頃復來形體稍大意異之復與食數日間其大如豚及意報當行刑螻蛄掘壁根爲大孔破得從此孔出亡後遇赦得活東無疑齊諧曰吳當陽縣董昭之乘船過錢塘江江中見一蟻著一短蘆惶遽垂死使以繩繫蘆著舡舡至岸蟻得出中夜夢一人烏衣來謝云僕是蟻中王君有急難當見先語歷十餘年時江左所劫盜橫錄昭之爲劫主繫餘

姚獄昭之自惟蟻王夢緩急當告今何處告之獄囚言但取兩
三蟻著掌中祝之昭之如其言暮果夢昔烏衣人云可急去入
餘杭山天下既乱赦令不久也於是便覓蟻攻商
械已尽因得出獄過江投餘杭山遇赦遂得免
春省　秋繕
禮記曰孟春之月命有司省囹圄去桎梏止獄訟又曰孟秋
之月命有司修法制繕囹圄具桎梏鄭玄注曰囹圄所以禁
守繫者則
令之獄矣
上書　注史
范曄後漢書曰尚書郎張宏獄吏上書
自頌崔鴻後趙錄曰石季龍幽中書
令徐光于襄国詔獄光在
獄中注解經史十餘萬言
不留　勿擾
周易曰山上有火旅
君子以明慎刑罰而
不留獄史曰蕭何卒召曹參參去囑
其後相曰以齊獄市爲寄慎勿擾也
星牢　天獄
韓陽天文
要集曰貫
索貴人出詩含神霧曰
杓爲天獄主天殺也
圜扉　平砥
周礼曰若无節則惟圜
土内之鄭玄注曰圜土
獄城也江淹上建平王書曰犯庸圜門含憤獄戶又王融曲水
詩序曰鞠茂草於圜扉衛展陳謗言表曰謗言廷尉獄平如砥
有錢生无錢死此謗之起
死生之出於此法獄也
中都官　未央廄
司馬彪續漢
書曰武帝置
中都官獄二十六獄所先皆省惟廷尉及洛陽有詔獄衛
宏漢舊儀曰未央廄獄主理大廄三署郎屬太僕光祿勳
侵絳侯　辱安國
史記曰周勃免相就国歳餘每河東守尉
行縣至絳侯勃自畏恐誅常被甲令家人持
兵以見之其後人有上書因告勃及捕理之勃恐不知置辞吏
稍侵辱之絳侯既出曰吾將百萬軍安知獄吏之貴也漢書曰
韓安国坐法抵罪而獄吏田甲辱之安
国曰死灰獨不復然乎田曰然則窮之
黄霸受經　杜篤爲誄
漢書曰夏侯勝爲義不許宣帝尊武帝廟下獄及丞相
長史黄霸坐不舉劾俱下獄霸欲從勝受經勝辭以死
罪霸曰朝聞道夕死可矣勝賢其言遂授之繫更再冬講不息
范曄後漢書曰杜篤字季雅客居美陽令遊從數請託不諧頗
相恨令怒收篤送京會大司馬吳漢薨光武詔曰諸儒
誄之篤於獄中爲誄辭最高帝美之賜帛免之也
仰天　望氣
史記曰趙高案李斯拘束縛居囹圄中仰天而嘆曰悲
夫不道之君何爲計哉漢書曰望氣者言長安獄中有
天子
氣
澤上有風　山下有火
周易曰澤上有風中孚君子
以議獄緩死又曰山下有火

貞君子以明庶政无敢折獄

詩 隋魯本與胡師耽同繫胡州出被

刑獄中詩 叔夜絃初絕韓安灰未然相悲不相見幽縶與幽泉 駱賓王獄中書情

通簡知己詩 昔歲逢楊意觀光貴楚材穴疑丹鳳起塲似白駒來一命淪驕餌三緘慎禍胎不言勞倚伏忽此際遭迴驄馬刑章峻蒼鷹獄吏猜絕縑非易辨疑璧果難裁揆晝慙周防端憂滯夏臺生涯一滅裂歧路幾徘徊入穽方搖尾迷津遽易回圓扉長寂寂踈網尚恢恢青陸春芳動黃沙旅思催覆盆徒望日蟄户未驚雷霜歇蘭猶敗風多木屢摧地幽蠶室掩門靜雀羅開自憫秦冤痛誰憐楚奏哀漢陽窮鳥客梁甫卧龍才有氣還衝斗无時會鑿坯莫言韓長孺長作不然灰

沈佺期幽繫詩 吾怜曾家子昔有投杼疑吾怜姬文公非无鴟鴞詩臣子竭忠孝君王惑讒欺萋斐離骨肉含悽與此辭

又詩 昔日公冶長无罪遭縲紲聖人降兄子古來歎獨絕我无毫髮瑕苦心懷冰雪今代多秀才誰能繼明轍

初學記卷第二十

初學記卷第二十一

文部

錫山安國校刊

經典第一

敘事　釋名曰經者徑也典常也言如徑路無所不通者常用也白虎通曰五經易尚書詩禮樂也古者以易書詩禮樂春秋爲六經至秦焚書樂經亡今以易詩書禮春秋爲五經　又禮有周禮儀禮禮記曰三禮春秋有左氏公羊穀梁三傳與易書詩通數亦謂之九經易者案釋名言變易也帝王世紀曰庖犧氏作八卦神農重之爲六十四卦黃帝堯舜引而伸之分爲二易至夏人因炎帝曰連山殷人因黃帝曰歸藏文王廣六十四卦著九六之爻謂之周易又漢書曰文王重易六爻作上下篇孔子爲彖象繫辭文言序卦之屬十篇故曰易道深矣人更三聖代歷三古周易正義曰伏犧重卦周公作爻辭此說與帝王世紀不同又孔子作十篇亦曰十翼初卜商爲易傳至西漢傳之有能名家者有施讎孟喜梁丘賀京房費直高相又東漢鄭衆魏王弼並注易施孟諸家自漢及魏並得立而傳者甚衆至西晉梁丘施高三氏亡孟京二氏有書无師而鄭玄王弼所傳則費氏之學書者案釋名言書其

時事也上世帝王之遺書有三墳五典訓誥誓命孔子删而序之斷自唐虞以下訖于周凡百篇以其上古之書故曰尚書遭秦滅學並亡漢興濟南人伏勝能口誦二十九篇至漢文帝時欲立尚書學以勝年且九十餘老不能行乃詔太常掌固晁錯就其家傳受之伏生爲尚書傳四十一篇歐陽大小夏侯傳其學各有能名是曰今文尚書劉向五行傳蔡邕勒石經皆其本其後魯恭王壞孔子故宅於壁中得古文尚書論語悉以書還孔氏武帝乃詔孔安國定其書作傳義爲五十八篇

見尚書序及正義安国書成後遭漢巫蠱事不行至魏晉之際滎陽鄭冲私於人間得而傳之獨未施行東晉汝南梅賾奏上始列於學官此則古文尚書矣詩者案卜商序曰志之所之也昔孔子删詩上取商下取魯凡三百一十一篇至秦滅學亡六篇今在者三百五篇初孔子以詩授卜商商爲之序以授魯人曾申曾申授魏人李克李克授魯人孟仲子孟仲子授根牟子根牟子授趙人荀卿荀卿授漢人魯國毛亨作詁訓傳以授趙國毛萇時人謂亨爲大毛公萇爲小毛公以二公所傳故名其詩曰毛詩見毛詩正義東漢鄭

玄取毛氏詁訓所不及異同者續之爲注解謂之曰箋箋薦也言薦成毛意 禮者案釋名云體也言得事之體也周禮儀禮並周公所作記所謂禮經三百威儀三千禮經則周禮也威儀則儀禮也 見三禮正義周礼遭秦滅學藏於山嵓屋壁以故不亡漢武帝時有李氏獲之以上河間獻王獨闕冬官一篇購之千金不得乃以考工記補之遂奏入於秘府時儒以爲非是不行至劉歆獨識其書知周公致大平之跡始奏立學官後鄭玄爲之注儀礼周衰當戰国之世其書並亡至漢高堂生所傳十七篇惟士礼存焉後世推士礼以致天子之礼而行之至馬融鄭玄王肅並爲之注解 禮記者本孔子門徒共撰所聞也後通儒各有損益子思乃作中庸公孫尼子作緇衣漢文時博士作王制其餘衆篇皆如此例至漢宣帝世東海后蒼善說禮於曲臺殿撰禮一百八十篇號曰后氏曲臺記后蒼傳於梁國戴德及德從子聖乃删后氏記爲八十五篇名大戴禮聖又删大戴禮爲四十六篇名小戴禮其後諸儒又加月令明堂位樂記三篇凡四十九篇則今之禮記也 見礼記正義礼記有馬融鄭玄二家注馬注今亡唯鄭注行於世 又春秋者案杜預序魯史記之名也釋名又云言春秋冬夏終而成歲舉春秋則冬夏可知也昔孔子約魯史以脩春秋書有褒貶不可以書見口授弟子左丘明

恐弟子各安其意以失其眞故論夫子所言作傳今左氏傳是也初孔子授春秋於卜商又授之弟子公羊高穀梁赤又各爲之傳則今公羊穀梁二傳是也有春秋正義左氏傳有賈逵訓詁服虔杜預注公羊傳有何休解詁穀梁傳有范甯集解又孔子爲曾參說孝經孔子歿後諸弟子記其善言謂之論語並行於世孝經論語有鄭玄何晏等注

對

八卦　六虛周易曰易有太極是生兩儀兩儀生四象四象生八卦八卦定吉凶又曰易之爲書也屢遷變動不居周流六虛注曰六虛六位也

言樞　道籥易曰言天下之至賾而不可乱也出其言善則千里之外應言行君子之樞機易乾鑿度曰易者易也變易也不易也管三成德爲道苞籥鄭玄注曰管猶兼也一言而兼此三事以成其德道苞之籥齊魯之間名門戶及藏器之管爲籥

擬議　範圍周易曰擬之而後言議之而後動擬議以成其變化又曰範圍天地之化而不過王弼注範圍者擬範天地而周備其理

幽贊　發揮易說卦曰昔者聖人之作易也幽贊神明而生蓍又曰發揮於剛柔而生爻

九師　五子劉向別錄曰所校讎中易傳淮南九師道訓除復重定著十二篇淮南王聘善爲易者九人從之採獲故中書署曰淮南九師書又曰所校讎中易傳古五子書除復重定著十八篇分六十四卦著之日辰自甲子至於壬子凡五子故號曰五子

○帝書　王制春秋說題辞曰尚書凡百二篇第次委曲尚者上也上古之書也孔安国尚書序曰先君孔子討論墳典斷自唐虞以下訖于周舉其宏綱撮其樞要凡百篇示人主以執範也帝王之制坦然明白

三家　百篇劉歆七略曰尚書直言也始歐陽氏先君名之大夏侯小夏侯立於學官三家之學於今尤爲詳孔安国尚書序曰先君孔子覩史籍之煩又懼覽之者不一斷唐虞以下訖于周舉其宏綱撮其樞要典謨訓誥誓命之文凡百篇所以恢弘至道

授

河出洛孝經援神契曰易長於變書考命行授河宋均注曰授河者授河洛以考命行也尚書曰天乃錫禹洪範九疇孔安國注曰天與禹洛出書 直言 證義劉歆七略曰尚書直言也於今傳之又曰詩以言情情者信之符也書以決斷斷者義之證已上書 五際 六情詩推度災曰建四始五際而節通卯酉之際爲革政午亥之際爲革命神在天門出入候聽春秋孔演圖詩含五際六情宋均注曰六情即六義曰風曰賦曰比曰興曰雅曰頌

温涼 敦厚淮南子曰温涼淳良詩教也礼記曰温柔敦厚詩教也 集微 揆著 連類 含章詩含神霧曰集微揆著上統元皇下序四始羅列五際宋均注曰集微揆著者綿綿瓜瓞人之初生揆其始是必將至著王有天下也顔延之庭誥曰詠歌之書取其連類含章比物集句詩之爲祖也已上詩 脩外

制中漢書曰樂以治内而爲同礼以脩外而爲異同則和親異則畏敬也礼記曰夫礼所以制中 承天

事地夫礼先王以承天地之道治人之情史礼記曰礼上事天下事地尊先祖而崇君師 不法 無體

晏子春秋曰晏子使魯退見仲尼曰夫礼堂上不趨授立不跪夫子及此礼乎晏子曰君行一臣行二君之所來速吾是以趨以反位也君授卑故跪以下之晏子出仲尼送之反命門弟子曰不法之礼唯晏子能爲之礼記曰無声之樂無體之禮無服之喪此之謂三无 粉澤 橘柚太公六韜對文王曰礼者理之粉澤莊子曰三王五帝之礼義法度其猶樝橘柚雖其味相反而皆可於口也 酌秦 法言 夏禮范瞱後漢書曰曹褒論曰漢初朝制元文叔孫通曰頗採礼經參酌雖適物觀時有救崩弊先王之宏典蓋多闕矣論語曰夏礼吾能言之杞不足徵也已上礼 考符

稽象春秋握成圖曰孔子作春秋陳天人之際記異考符春秋演孔圖曰作法五經運之天地稽之圖象質於三王施之四海 周法 孔經杜預春秋序曰其發凡以言例皆經国之常制周公之垂法春秋演孔圖曰公羊全孔經朱均注曰公羊公羊高也經指謂春秋 四傳 兩家漢書曰春秋所貶損當時有威權者是以隱其書而不宣及末世口說行故有公羊穀鄒郟之傳四家之中公羊穀梁立於學官劉歆七略曰春秋兩家文或具四時或不於古文

无事不必具四特

隱書晦義 漢書曰春秋所貶損當世有威權者其事實皆形於傳是以隱其書而不宣所以免特難也顔延之庭誥曰褒貶之書取其正言晦義輔制衰王春秋爲上

備三聖 掌四方 春秋說題辭曰經文備三聖之度周礼曰掌四方之志鄭玄注曰志記也謂若魯之春秋晉之乘楚之檮杌已上春秋

詩

唐太宗文武聖皇帝尚書詩 崇文時駐步東觀還停輦輟膳玩三墳晉灯披五典寒心覩肉林飛䰟看沉酒縱情昏主多剋己明君鮮滅身資累惡成名猶積善既承百王末戰兢隨歲轉

晉傅咸孝經詩 立身行道始於事親上下无怨不惡於人孝无終始不離其身三者備矣以臨於民以孝事君不離令名進思尽忠義則不爭臣救其惡災害不生孝悌之至通於神明

又論語詩 守死善道磨而不磷直哉史魚可謂太臣見危授命能致其身克己復礼學優則仕富貴在天爲仁由己以道事君死而後已

又毛詩詩 无將大車維塵冥冥濟濟多士文王以寧明允君子大猷是經聿修厥德令終有俶勉尔遐思我言惟服盜言孔甘其何能淑讒人罔極有靦面目

又周易詩 卑以自牧謙而益光進德脩業既有典常暉光日新照于四方小人勿用君子道長

又周官詩 惟王建国設官分職進賢興功時文易直除其不蠲无敢反側以德詔爵允蔡其極下其可任以告于正掌其戒禁治其政令各修乃職以聽王命

又左傳詩 事君之礼敢不尽情敬奉德義樹之風声昭德塞違不殞其名死而利国以爲已榮茲心不爽忠而能力不爲利論古之遺直威黷不端勿使能植

李百藥禮記詩 玉帛資王會郊丘叶聖情重廣開環堵至道軼金籯盤薄依厚地遥裔騰太清方悦升中礼足以慰餘生

啓

齊謝朓謝隨王賜左傳啓 昭晰毅青近發中汙恩勸挾冊慈勗下帷眺未覩山筒早懵河籍業謝専門說非章句庶得既困而學括羽瑩其蒙心家藏賜書篋金遺其貽厥披覽神勝吟諷知厚

劉孝綽謝爲東宮奉經啓 皇太子四術夙知三善非學猶復旁求儒雅應物稽疑業光夏校德茂周庠諸侯宋魯於焉觀則參陪盛礼莫匪国華臣雖職典經圖而同官不一推擇而舉尚多髦俊龍光曲被獨在選中他日朝參猶甘夕殞況茲恩重

弥見
生輕

史傳第二

敘事 案世本注黃帝之世始立史官倉頡沮誦居其職矣至于夏商乃分置左右（言則左史書之動則右史書之）故曰左史記言右史記事言經尚書事經春秋者也周官有太史小史內史外史御史凡五官太史掌建邦之六典八法八則以逆邦國之治小史掌邦國之志奠繫世辨昭穆若有事則詔王之忌諱內史掌王八柄之法書王命而貳之外史掌書外令掌四方之志掌三皇五帝之書掌達書名于四方御史掌邦國都鄙萬民之治令以贊冢宰掌贊書曲禮曰史載筆士載言夏有太史終殷有太史摯周有太史佚太史儋太史叔服史播史蘇史黯孔子曰周任古之良史也老子為周守藏室史又為柱下史則其職也春秋傳曰晉趙穿弒靈公太史董狐書曰趙盾弒其君盾曰不然對曰子為正卿亡不越境反不討賊非子而誰齊崔杼弒莊公太史書曰崔杼弒其君崔子殺之其弟嗣書又殺之

其弟又書乃舍之南史聞太史盡死執簡以往
聞既書矣乃還楚王與右尹子革語左史倚相
趨而過王曰良史也能讀三墳五典八索九丘
史記曰秦趙澠池之會其君相爲鼓瑟扣缶皆
命御史書之是則周之列國亦各有史官書事
記言以裁討典不虛美不隱惡善以勸世惡以
示後所以暴露成敗昭彰是非者也遭秦滅學
官失其守至漢武帝始置太史令天下計書先
上太史副上丞相故司馬談父子世居此職得

撰史記故史記太史公自序傳云述陶唐以來
至麟止自黃帝始原始察終考之行事著十二
本紀三十世家十表八書七十列傳凡一百三
十篇成一家言是也後漢書云班彪續司馬遷
後傳數十篇未成而卒明帝命其子固續之固以
史遷所記乃以漢氏繼百王之末非其義也大
漢當可獨立一史故上自高祖下終王莽爲紀
表傳九十九篇逮上之十志未畢扶風馬續及
其妹曹大家所成今漢書是也其後又有東觀

漢記後漢書云詔劉珍陶伏無忌等述于東觀謂之東觀漢記列傳載記凡百一十篇是也世世以史記班固漢書及東觀漢記爲三史矣後三國分方魏吳各有史官蜀無其職晉初陳壽採集其事謂之三國志凡六十五篇自茲厥後世有史書雖不及遷固所修亦其次也

事對

方志 直文 周礼曰外史掌四方之志鄭玄注曰志記也謂若魯之春秋晉之乘楚之檮杌　漢書曰劉向楊雄皆稱遷有良史之才其文直其事核不虛美不隱惡

不虛美 謂實錄 魏志曰王肅對明帝曰司馬遷記事不虛美不隱惡劉向楊雄服其敘事有良史之才謂之實錄

司籍 掌書 左傳曰荀躒如周籍談爲介王謂籍談曰昔而

高祖孫伯黶司晉之典籍以爲大政故曰籍氏周礼內史掌書王命韓詩貳之

記善 書過 礼記曰五帝憲養氣躰而不乞言有善則記之爲惇史　韓詩外傳曰周舍對趙簡子曰臣操牘秉筆從君之後司君過而書之

帝書 王籍 周礼外史掌三皇五帝之書　陸士衡晉書限斷議曰三祖實終爲臣故書爲臣之事不可如傳此實錄之謂也而名同帝王故自帝王之籍不可以不稱紀則追王之義

新載 舊章 張衡表求合正三史曰臣伏見陛下思光先緒以典籍爲本而史書枝別條異不同一貫建武以來新載未就杜預春秋序曰其發凡以言例皆經国之常制周公之垂法史書之舊章

嗣書 續記 左傳曰齊崔杼弒莊公太史書之崔杼弒其君崔子殺之其弟嗣書又殺之而死者二人東觀漢記曰班固徵詣校書除蘭臺令史遷爲郎典校祕書令史卒前所續史記也

微文 隱切 班固典引曰永平十七年詔曰司馬迁著書成一家言揚名後世至以身陷刑之故反微文譏刺貶損當代非誼士也魏志曰明帝問王肅司馬迁以受刑之故內懷隱切著史記非貶孝武則令人切齒

述漢 遵周

不觀漢記曰時人有上言班固私改作史記詔下京兆收繫固弟超詣闕上書具陳固不敢妄作但續父所記述漢事 杜預春秋序仲尼因魯史策書成文考其眞僞而志其典礼上以遵周公之遺制下以明將來之礼法

書名循理 左傳曰鄭爲游楚■宰虎公孫僑公孫游吉駟帶私盟于閨門之外公孫強與於盟使太史書其名且曰七子何法盛晉中興書曰仲尼遂因魯史而書陽秋皆循理而動著爲實錄

方冊直書 家語曰葉公問政於孔子孔子曰文武之道布在方冊杜預春秋序曰四曰尽而不汚直書其事具文見意丹楹刻桷天王求車齊侯獻捷之類是也

八書十志 史記曰遷爲太史著十二本紀十表八書東觀漢記曰蔡邕徙朔方上書求還續成十志

書言掌命 礼記曰天子玉藻十有二旒朝日東門之外聽朔南門之外動則左史書之言則右史書之周官內史掌書王命外史掌四方之志

掌邦國 建侯王 杜預春秋序曰周礼有史官掌邦国四方之事 漢書曰漢書敘帝皇列官司建侯王張晏注曰十二紀百官表及諸侯王表也

別異同 明得失 杜預春秋序曰記事者以日繫月以月繫時以時繫年所以紀遠近別同異也 子夏詩序曰国史明乎得失之迹傷人倫之廢

詩 唐太宗文武聖皇帝詠司馬彪續漢志詩 二儀初搆象三才乃分位非惟樹司牧固亦垂文字綿代更膺期芳圖无輟記炎漢承君道英謨纂神器潛龍既可躍術兎奚難致前史殫妙詞後昆沉雅思書言揚盛跡補闕興洪志川谷猶舊涂郡国開新意梅山未覔朽穀水誰云異車服隨名表文物因時置鳳戟翼康衢鑾衡揔柔轡清濁必能澄洪纖幸无弃觀儀不失序遵礼方由事政宣竹律知時平玉條備文囿彫奇彩藝門蘊深致雲飛星且流風揚月兼至禮類遵令典壇遺資良地五勝竟无違百司誠有庇我是承暇景談叢引泉祕討論窮義府看霧披經笥大辯良難仰小學終先匱聞道諒知榮含毫孰忘愧

晉潘岳於賈謐坐講漢書詩 理道在儒弘儒由人光矣魯侯文質彬彬筆下摛藻席上敷珍前疑惟辨舊史惟新將分尔史既辨尔疑延我僚友講此微辞

表 梁沈約上宋書表 若不觀風唐代无以見帝嬀之美自非覩乱秦餘何由知漢祖之業是以掌言未記爰動天情曲詔史官追述

大典若夫漢英主啓圖名臣建績極世夷難之功配天光宅之運亦足以勒銘鍾鼎昭彼方冊臣遠愧南董近謝迁固以閭閻小才述一代盛典

銘 宋顏延之家傳銘 曠彼琅邪實惟海宇誰其來遷時聞遠祖青州隱秀爰始貞居內乱鼎府外康邦閒建節中平分竹黃初刑清齊右政偃譽區葛嶧明懿平陽聰理或薦公庭或登宰士刑美覇朝雙鳳千里華蕚之茂於昭不已

文字第三

敘事 易曰上古結繩以治後世聖人易之以書契蓋取諸夬又帝王世紀曰黃帝垂衣裳蒼頡造文字然後書契始作則其始也案說文蓋依類象形謂之文形聲相益謂之字著於竹帛謂之書書有六義焉一曰指事二曰象形三曰形聲四曰會意五曰轉注六曰假借古者子生六歲而教數與方名十歲入小學學六甲書計之事則文字之謂也自黃帝至三代其文不改秦焚燒先典乃廢古文更用八體一曰大篆周宣王史籀所作也二曰小篆始皇時李斯趙高胡毋敬所作也大小篆並簡冊所用也三曰刻符施於符傳也四曰摹印（亦曰繆篆）施於印璽也五曰蟲書爲虫鳥之形施於幡信也六曰署書門題所用也七曰殳書銘於戈戟也八曰隸書

始皇時程邈所定六行公府也漢氏因之至王莽居攝使甄豐刊定六體一曰古文二曰奇字三曰篆書四曰隸書五曰繆書六曰虫書當代以教學童焉又衛恒四體書勢曰漢興又有草書不知作者蓋兩漢銘勒雜以古文篆檑及八分爲之魏晉以還隸文遂盛蕭子良古今篆隸文體有藁書楷書蓬書懸針書垂露書飛白書填書奠書鳥書虎爪書偃波書鶴頭書象形篆尚方大篆鳳鳥書科斗虫書龍虎書仙人書芝

英書十二時書倒薤書龜書麒麟書金錯書蚊脚書凡數十種皆出於六義八體之書而因事生變者也（事對）效奎　取夬　孝經援神契曰奎主文章蒼頡效象洛龜曜書冊青垂萌畫字宋均注曰奎星屈曲相鈎似文字之畫周易曰上古結繩以治後代聖人易之以書契蓋取諸夬　六書　八體　周礼曰保章氏掌教国子六書許慎說文曰六書一曰指事二曰象形三曰形声四曰會意五曰轉注六曰假借自秦書有八躰一曰大篆二曰小篆三曰刻符四曰虫書五曰摹印六曰署書七曰殳書八曰隸書　懸針　倒薤　王愔文字志曰懸針小篆躰也字必垂畫細末細末纖直如懸針故謂之懸針又曰倒薤書者小篆躰也垂支濃直若薤葉也八躰書亦圖此法或云出扶風曹喜蕭子良以爲仙人務光所作　銅隱　金錯　鄺善長水經注曰臨淄人發古冢得銅棺前秘外隱起爲隸字云齊太公六代孫胡公之棺也唯三字是古餘同今書證知隸字出古非

始於秦王愔文字志曰金錯書八躰書法**垂露**　**偃波**
不留其形或去以銘金石故謂之金錯
王愔文字志曰垂露書如懸針而勢不遒勁阿那若濃露之垂
故謂之垂露摯虞決疑要注曰尚書臺召人用虎爪書告下用
偃波書皆不可**星離**　**雲布**衛恒四躰書勢曰黃帝之史沮
卒學以防矯詐誦蒼頡眡彼鳥跡始作書契紀
綱萬事垂法立制因声會意類物有方日處君而盈度月象臣
而虧傍雲逶迤而上布星離離以舒光　鍾氏隸書勢曰煥若
星陳鬱**六義**　**八法**衛恒四躰書勢曰字有六義其義見六書
若雲布注中鮑昭飛白書勢曰秋毫精勁霜素凝
鮮超工八法**視龜**　**鸞鳥**宋均注孝經援神契曰蒼頡視
尽奇六文龜而作書則河洛之應與人意
所惟遠矣　鍾氏隸書勢**秦篆**　**周籀**漢書曰蒼頡六章曰
曰鳥勢之變乃惟佐隸李斯所作爰歷六章
趙高所作博學七章胡毋敬所作文字多取史籀篇而篆復頗
異所謂秦篆者也許慎說文曰周宣王太史籀著大篆十五篇
刪舊　**蠲煩**崔瑗草書勢曰書契之興始自頡皇勢彼鳥跡以
定文章爰暨末葉典籍弥繁官事荒蕪勦其墨翰

惟作佐隸舊字是刪　鍾氏隸
書勢曰蠲彼煩文崇此簡易**秦隸**　**漢章**衛恒四躰書勢
曰秦既曰篆秦
事繁多字難成即令隸人佐書曰隸字漢因行之許慎說
文曰漢興有草書又衛恒曰漢興而有草書不知作者姓名**詩**
隋江總借劉太常說文詩劉棻慕子雲許慎詢景伯碩學
該虫篆奇文秀鳥跡日金徒下
帷待問垂董席不詣王充市聊投班玩籍三寫徧鑽研六書多
補益幽居服藥餌山宇生虛白留連嗣芳杜矚蕩依泉石夫君
愛滿堂願**岑文本奉述飛白書勢詩**六文開玉篆八
言馳下澤躰曜銀書飛毫
列錦繡拂素起龍魚鳳舉崩雲絕鳶
驚遊霧疎別有臨池草恩霑垂露餘**體**　**後漢崔瑗草書**
體書躰之興始自頡皇寫彼鳥跡以定文章爰暨末葉典籍弥
繁人之多僻政之多權官事荒蕪勦其墨翰惟作佐隸舊字
是刪草書之法蓋先簡略應時諭旨周於卒迫兼功并用愛日
省力純儉之變豈必古式觀其法象俯仰有儀方不中矩圓不
副規抑左揚右望之若欹竦企鳥跱志在飛移狡獸暴駭將奔
未馳或黝點黶䵳狀似連珠絕而不離畜怒怫鬱放逸生奇或淩

遽而惴慄若據槁而臨危傍點邪附似蝗蜋而抱枝絶筆放躰
餘綖糾結若[redacted]毒看隙緣巇騰蛇赴穴頭没尾垂是故遠
而望之㴾焉若泪岸崩涯就而察之即一畫不
可移纖微要妙臨事從宜略舉大較彷彿若斯 後漢蔡邕

篆書體曰因鳥遺跡皇頡循聖作則制斯文躰有六篆焉真形
要妙巧入神域龜文斜列櫛比龍鱗紆躰放尾長
短副身頽若黍稷之垂穎蘊若虫蛇之棼緼揚波振躰龍躍鳥
震延頸脇翼躰似凌雲或輕舉内投微本濃末若絶若連似露
緣絲垂凝下端從者如懸衡者如編杪者邪趣不方不圓若行
若飛蚑蚑翾翾遠而望之象鴻鵠群遊駱驛迁延迫而察之端
澄不可得見指㒱不可勝原研桑不能數其詰屈離婁不能覩
其隙間般倕揖讓而辭巧籀誦拱手而韜翰處篇籍之首目粲
粲斌斌其可觀摛華艷於紈素爲學藝之範閑嘉文德
之弘懿蘊作之者莫刋思字指之傾仰奉大躰而論旃 晉成

公綏隷書體曰皇頡作文因物構思觀彼鳥跡遂以成章闕
之後嗣存載道義綱紀万事俗所傳述實由
書記時変巧易古今各異虫篆既繁草藁近僞適之中庸莫尚
於隷規矩有則用之簡易隨便適宜亦有弛張操筆假墨抵押

毫芒彪煥磥落形體抑揚分葩連屬溢分羅行爛若天文之布
曜蔚若錦繡之有章或輕拂徐振緩案急挑挽横引從左牽右
繞長波鬱拂微勢縹緲工巧難傳善之者少應心隱手必由意
曉尒乃動纖指舉弱腕握素紈染玄翰彤管電流雨下雹散點
黕折[redacted]掣挫安案繽紛駱驛華藻粲爛絪緼卓犖一何壯觀繁
縟成文又何可記章周道之郁郁表唐虞之輝煥若乃八分璽
法殊好異制分白賦黒棊布星列翹首舉尾直刺邪掣纏綣結
躰剩彩奮節或若虬龍盤游蜿蟬軒翥鸞鳳翶翔矯翼欲去或
若鷙鳥將擊并躰抑怒良馬騰驤奔放向路仰而望之鬱若宵
霧朝升遊烟連雲俯而察之凛若清風厲水漪瀾成文垂象表
式有模有楷形功
難詳聊舉大躰

講論第四

敘事 廣雅曰講讀也論道也說文曰講
和解也論義也又鄭玄云論倫也見詩箋 賈逵曰論
釋也見国語注 皆解說談議訓詁之謂也 見顧野王玉篇 論

語曰德之不脩學之不講聞義不能徙不善不
能改是吾憂也漢書曰夏侯勝每講常謂諸生
曰學經不明不如帰耕又曰孔光居公輔位前
後十七年時會門下諸生講問疑難舉大義其
弟子多成就爲博士班伯爲中常侍上方鄕學
鄭寛中與張禹朝夕入說尚書論語於金華殿
中詔伯受焉旣通大義又講異同於許商東觀
漢記曰建初四年詔諸王諸儒會白虎觀講五
經同異則其事也 事對 撞鍾 鳴鼓 礼記曰善待問者如撞鍾

扣之以小者則小鳴扣之以大者則大鳴 謝承後漢書曰董
春字紀陽少好學究極聖指後還帰立精舍遠方門徒從者常
數百人諸生每升講堂鳴鼓三通横經捧
手請問者百人追隨上堂難問者百餘人 下帷 施帳 史記曰董
仲舒以明春秋孝景時爲博士下帷講誦弟子轉相授業或莫
見其面范曄後漢書曰馬融常在高堂施絳紗帳前授生徒後
列女樂弟子以相次 禮師 奠聖 礼記曰太學始教皮弁
傳授鮮有入其室者 祭菜示敬道也鄭玄注
曰祭菜礼先聖先師也沈約宋書曰魏齊王每
講肄經通輙使太常釋奠先聖先師於辟雍 肅成門
金華殿 魏書曰文帝初在東宮癘氣數起士人凋傷帝深感
嘆與大理王朗書云疫癘數起士人凋落余獨何人
能全其壽故集諸儒於肅成門内講論大義侃侃无倦 漢書
曰班伯爲中常侍上方鄕學鄭寛中與張禹朝夕入說尚書論
語與金華殿 西唐 北海 范曄後漢書曰高鳳南陽人也
中詔伯授焉 專精誦讀爲名儒教授西唐山
中 又曰鄭玄北海人也遊學十餘年乃帰及
黨事起杜門不出弟子自遠方至者數千人 數經 說

義東觀漢記曰桓榮拜議郎入侍太子每朝會輒令榮於公卿前敷奏經書帝稱善謝承後漢書曰戴憑字次仲正旦朝賀帝令群臣說經義有不通者輒奪其席以益通者憑重五十席

六教　四學　孫卿子曰逵師之教使弟子安焉樂焉往焉游焉肅焉藏焉嚴此六者得其學則邪僻之道塞矣　沈約宋書曰元嘉十五年徵雷次宗至京師開館聚徒授教使丹陽尹何約之立玄學太子率更令何承天立史學司徒參軍謝元立文學凡四學並建之

訓帝　授侯　王隱晉書曰魏高貴公之入學也王祥爲三老帝北面乞言祥乃言曰仰惟明主聖帝之軌俯以訓帝　東觀漢記曰永平元年詔爲四姓小侯開置學五經師張輔以明經授於南宮

紹軻　繼孔　陸士衡七徵曰演八代之洪旨統先聖之遺訓贊一心以紹軻敦四教以承立蘇順賈逵誄曰惟天生君繼孔之迹光明克哲果論至賾

居家　避地　史記曰申公魯人也呂太后時游學長安與劉郢同師郢爲楚王令申公傅其太子戊戊不好學疾申公及戊立爲王胥靡申公恥之退居家教授終身不出門范曄後漢書曰李育沉思專精博覽書傳州郡請召欲輒病去

常避地教授門徒數百人

四教　三德　論語曰子以四教文行忠信周礼曰師氏以三德教国子一曰至德以爲道本二曰敏德以爲行本三曰孝德以知逆惡

疑聖　對賢　束晳荅汲冢竹書難釋書曰其後子夏仲尼之徒傳業西河人疑其聖魚豢典略曰端木賜衛人字子貢齊景公問子貢曰子師誰對曰師仲尼公曰賢乎對曰賢也

西河　東海　史記曰孔子既沒子夏居西河教授爲魏文侯師　謝承後漢書曰包咸字子良明魯詩論語注東海立精舍講授

講授澤中　執經壟畔　范曄後漢書曰楊倫通古文尚書不應州郡之命講授於大澤中弟子至千餘人又曰孫期少爲諸生通京氏易古文尚書家甚貧牧豕於澤中學者皆執經壟畔以追之

詩

梁任昉厲吏人講學詩　暮燭迫西榆將落城南畝日余本疏惰頹暮積榆柳踐境渦師臣臨政欽益友旰食顧橫經終朝思擁帚雖欣辦蘭艾何用鬪蒿莠

陳周弘正學中早起聽講詩　詰朝參下座閒步出重闈北堂月稍隱南枝鵲已飛早霜岳露靄初霧上

霏霏嚴唱雖罷析高門尚掩扉既傷年緒促復嗟心事違平生愛山海宿昔特精微未解輕身去唯應下第歸

隋庾信和何儀同講竟述懷詩 无名即講道有動定衆徽安經讓礼庠正業理儒衣似得遊焉趣能同捨講歸石渠人未歇華陰市暫稀秋雲從晚氣短景負餘暉螢排乱草出鴈捨斷芦飛別有平陵逕蕭條客鬓衰實欣懷謏問逢君理入微

碑

梁元帝皇太子講學碑 皇太子游雷種德重離作兩業冠孟侯道高上嗣宮牆累仞高山仰止承華之闈更似通德之門博望之園反類華陰之市家丞庶子並入四科洗馬後車俱通太學轉金輅而下辟雍睟玉容而經槐市詳其縣鏡高堂衢樽待酌瞻後斯前博文約礼將使東極長男之宮不獨銘於銀榜南皮太子之序豈徒擅於金碑

隋江總皇太子太學講碑 我大陳之御天下也若水渙其長瀾瑤星躔其永曆重華誕睿興於大麓之野敬仲繼業盛矣鳴鳳之占兼以洪才海富逸思泉寫含■落飛動八關之歌謠隻句片言諧五声之節奏雲飛風起追壓漢帝之辞高觀華池遠跨魏皇之什爰復建藏書之冊開獻納之器帷帳叢殘■壁遺逸紫臺秘典緑秩奇文羽陵蠹書嵩山落簡外史所掌廣内所司靡不飾以鉛槧彫以緗素此文教之脩也

文章第五

敘事

文章者孔子曰煥乎其有文章子貢曰夫子之文章可得而聞也見論語蓋詩言志歌永言見尚書不歌而誦謂之賦古者登高能賦山川能祭師旅能誓喪紀能誄作器能銘則可以為大夫矣三代之後篇什稍多又訓誥宣于邦國移檄陳于師旅牋奏以申情理箴誡用弼違邪讚頌美於形容碑銘彰於勳德謚冊褒其言行哀弔悼其淪亡章表通於下情牋疏陳

於宗敬論議平其理駁難考其差此其略也

【事對】

主氣 本形 魏文帝典論曰文以氣爲主氣之清濁有躰不可力強而致摯虞文章䟽別論曰今賦以事形爲本以義正爲助也

粲定 華文 魏文帝典論曰王粲長於辭賦徐幹時有高氣然粲定也王隱晉書曰阮籍見張華鷦鷯賦以爲王佐之才成公綏亦推華文義勝也

潤色 詆訶 論語曰爲命裨諶草創之世叔討論之行人子羽修飾之東里子産潤色之曹植與楊脩書曰劉季緒才不能逮於作者而詆訶文章掎摭利病

辭條 言葉 陸士衡文賦曰普詞條與文律良予膺之所服王充論衡曰學問習熟則能推類興文文由外而滋未必實才與文相副也且淺意於華葉之言无根荄之深不見大躰也

笙簧 鼓吹 抱朴子曰五典爲笙簧三墳爲金玉劉義慶世說曰孫興公三都二京五經之鼓吹

雕龍 畫虎 史記曰彫龍奭談天衍鄒衍之文飾之若龍文故号彫龍曹植與楊脩書曰孔璋之才不閑詞賦而多自謂能與司馬長卿同風譬畫虎不成反爲狗也

游魚 出淵 飛兎 越海 陸士衡文賦曰於是沉詞怫悅若游魚銜鈎而出重淵之深陳琳荅東阿王牋曰清詞妙句炎絕煥景譬猶飛兎流星越山越海龍驥所不追況駑馬可得齊足哉

比四科 若五色 魏文帝典論曰夫文本同而末異蓋奏議宜雅書論宜理銘誄尚實詩賦欲麗此四科不同故能之者偏也陸士衡文賦曰其爲物也多姿其爲躰也屢遷其會意也尚巧其遣言也貴研暨音声之迭代若五色之相宜

體弱 辭壯 魏文帝與吳質書曰仲宣獨自善於詞賦惜其躰弱不足起其文至於所善古人无以遠過傅玄叙連珠曰班固喻美詞壯文章弘麗最得其躰

雕玉 鏤冰 楊子法言曰或曰良玉不彫美言不文何謂也曰玉不彫璠璵不作器言不文典謨不作經桓寬鹽鐵論曰內无其質而外學其文若畫脂鏤氷費日損功

丹青 綃縠 楊子法言曰或問屈原智乎曰如玉如瑩爰變丹青李軌注曰夫智者達天命如玉如瑩磨而不磷今屈原放逐感激爰變雖有文采丹青之論耳李充翰林論曰潘安仁之爲文也猶翔禽之羽毛衣被之綃縠

彰漢 述殷 楊雄劇秦美新論曰昔司馬相如作封禪一篇

以彰濮之休程曉與傅玄書曰文公
詠周孔之迹殷声揚千載業傳後嗣**握蚰珠 駢驥足**曹植
與楊脩書曰當此之時人人自謂握靈蚰之珠家家自謂抱荆
山之玉 魏文帝典論曰斯七子者於李无所遺於辝无所假
咸自騁騄驥於千
里仰齊足而並馳**長卿温麗 公幹妙絕**西京雜記曰枚皐
文章敏疾長卿制
作奄遲皆盡一時之美譽而長卿首尾温麗 魏文帝與吳質
書曰公幹有逸氣但未遒耳其五言詩之善者妙絕時人**王賦**
阮章 孔書陸議魏文帝典論曰王粲長於辝賦陳琳阮瑀
之章表書記今之俊也 李充翰林論曰
或問曰如何斯可謂之文荅曰孔文
舉之書陸士衡之議斯可謂成文也 **賦** **晉陸士衡文賦**余每
觀才士之作竊有以得其用心夫其放言遣詞良多變矣妍蚩好
惡可得而言每自屬文尤見其情恒患意不稱物文不逮意蓋
非知之難能之難也故作文賦以述先士之盛藻因論作文利
害所由佇中區以玄覽頤情志於典墳遵四時以嘆逝瞻萬物
而思紛悲落葉於勁秋嘉柔條於芳春心凛凛以懷霜志眇眇
而臨雲詠世德之俊列誦先人之清芬游文章之林府加麗藻

之彬彬慨投篇而援筆聊宣之乎斯文其始也皆收視反聽躭
思傍訊精騖八極心游万仞其致也情曈曨而弥鮮物昭晢而
互進傾群言之瀝液漱六藝之芳潤收百世之闕文採千載之
遺韻謝朝華於已披啓夕秀於未振觀古今於須臾撫四海於
一瞬然後選義按部考辝就班抱景者咸仰懷響者必彈或因
枝以振葉或沿波以討源或本隱以末顯或求易而得難或虎
变而獸擾或龍見而鳥瀾或妥帖而易施或岨峿而不安罄澄
心以凝思眇衆慮而爲言籠天地於形内挫万物於筆端伊兹
事之可樂固聖賢之所欽課虛无以責有叩寂寞而求音函綿
邈於尺素吐滂沛於寸心言恢之而弥廣思案之而愈深播芳
蕤之馥馥發清條之森森粲風飛而飊竪鬱雲起乎翰林故夫
誇目者上奢愜心者貴當言窮者无隘論遠者唯曠詩縁情而
綺靡賦躰物而瀏亮碑披文以相質誄纒綿而悽愴銘博約而
温潤箴頓挫而清壯頌優游以彬蔚論精微而朗暢奏平徹以
閑雅說煒曄而譎誑雖區分之在兹亦禁
雅而制放要詞達而理舉故无取乎冗長 **詩** **隋江揔賦得**
一日成三賦應令詩副君睿賞逋清夜北園遊下筆成三賦
傳觴對九秋飛文綺縠采落紙波濤流

樹密寒蟬響簷暗雀声愁綠淑明曾斁
青山照近樓此時盛礼物顧省良君袖【書】梁簡文帝荅張
纘謝示集書卿少好文章於廿五年矣竊嘗論之日月三辰
火龍黼黻尚且著於玄象彰乎人事而况文辞
可止謳詞可輟乎不爲壯夫楊雄實■小言破道非謂君子曹
植亦小辯破言論之科刑罪在不赦至如春庭落景轉蕙承風
秋雨朝晴簷梧秋下浮雲生野明月入樓時命親賓乍動嚴駕
硨磲屢酌鸚鵡驟傾伊昔三邊久留四■胡霧連天征旗拂日
時聞塢笛遙聽塞笳或鄉思悽然或雄心憤薄梁沈約與范
是以沉吟短翰衲綴庸音寓目寫心因事而作
述曾論竟陵王賦書夫沙泛滄流則不識涯涘雜陳鍾石
則莫辨宮商雖復吟諷迴環編離字
滅終无以卽酬
曆旨微表寸長【詩序】梁江淹雜體詩序夫楚謠漢風既
非一骨魏製晉
造固亦二躰譬藍朱成采雜錯之变无端宮角爲音靡曼之態
匪極故蛾眉詎同貌而俱動於魂芳草寧共氣而皆悅於鼻不
其然與至于代之諸賢各滯所迷莫不論甘則忌辛好丹則非
素豈所謂通方廣照愍遠兼愛者哉然五言之興諒非变古但
安稚坡舘

關西鄴下既以罕同河外江南頗爲異法故玄黃經
緯之辨金璧浮沉之殊僕以爲亦各具美兼善而已【集序】周
庾信趙國公集序竊聞平陽擊石山谷因之調大夏吹筠
風雲爲之動與夫含吐性靈抑揚詞氣
曲変陽春光迴白日豈得同年而語哉柱國趙國公發言爲論
下筆成章逸態橫生新情振起風雨爭飛魚龍各変方之珪璧
塗山之會万重譬以■霞赤城之岩千丈文參曆象即入天官
之書韻涉絲桐咸歸總章之觀論其壯也則鵬起半天語其細
也則■巢蚊睫豈直熊羆朝上層城抱日月之輝光餘宵飛南
斗騰蛟龍之氣昔者屈平宋玉始於哀怨之深蘇武李陵生於
別離之代自魏建安之末晉太康以來彫虫篆刻其躰三変人
人自謂握靈虵之珠抱荊山之玉矣公斟酌雅頌諧和律呂若
使言乖節目則曲臺不顧声止操謾則成均无取
遂得棟梁文囿冠冕詞林大雅扶輪小山承盖
【筆第十八】【叙事】釋名曰筆述也謂述事而言之也案
博物志蒙恬造筆又案尚書中候玄龜負圖出

周公援筆以時文寫之曲禮云史載筆士載言此則秦之前已有筆矣蓋諸國或未之名而秦獨得其名恬更爲之損益耳故說文曰楚謂之聿吳謂之不律燕謂之拂秦謂之筆是也西京雜記云漢制天子筆以錯寶爲跗音夫毛皆以秋兎之毫官師路扆爲之又以雜寶爲匣厠以玉璧翠羽皆直一百金漢書云尚書令僕丞相郎月給大管筆一雙傅玄云漢末一筆之柙雕以黃金飾以和璧綴以隋珠文以翡翠其筆非文犀

之楨必象齒之管豐狐之柱秋兎之翰矣則其事矣

事對

文犀 翠羽 傅子曰漢末筆非文犀之楨必象齒之管西京雜記曰漢制天子筆以雜寶爲匣則以玉璧翠羽皆直百金

吳律 趙毫 許慎說文曰筆所以書也楚謂之聿吳謂之不律燕謂之拂秦謂之筆王羲之筆經曰漢時諸郡獻兎毫出鴻都惟有趙国毫中用時人咸言兎毫无優劣管手有巧拙

寫圖 書牘 尚書中候曰玄龜負圖出周公援筆以時文寫之謝承後漢書曰第五永爲督軍御史督使幽州蔡邕等天下名才士人皆會祖餞於平樂館高彪送永桂坐因援筆書牘

當面 銘心 蔡邕書曰侍中執事相見无期惟是筆疏可以當面傅玄筆銘曰韡韡彤管冉冉輕翰正色玄墨銘心寫言

寶跗 金匣 西京雜記曰漢記制天子筆以錯宝爲跗毛皆以秋兎之毫傅子云漢末一筆之匣彫以黃金飾以和璧

加點 益字 吳祚国統曰吳主孫權嘗夢北面頓首於天帝忽見一人以筆點其額舉以問徵士熊循循曰吉祥

矣大王必爲主王者人之首領者王之上王上加點主字之象也　吳志曰諸葛恪父瑾長面似驢孫權大會使人牽一驢入長於其面題曰諸葛子瑜恪跪曰乞請筆益兩字因聽與筆恪續其下曰之驢舉坐歡笑

纒枲　鏤管　傅玄筆賦曰於是班匠竭巧名工逞術纒以素枲納以玄漆　王羲之筆經曰有人以綠沉漆竹管及鏤管見遺錄之多年斯亦可愛玩詎必金宝彫琢然後爲宝也

象管　寶匣　王羲之筆經曰昔人或以瑠璃象牙爲筆管麗飾則有之然筆須輕便重則躓矣　西京雜記曰漢制天子筆以錯宝爲跗毛皆以秋兎之毫官師路扈爲之以雜宝爲匣厠以玉璧

班投　顔炙　東觀漢記曰班超家貧投筆歎曰大丈夫當效傅介子張騫立功異域封侯安能久事筆硯乎　魚豢魏略曰顔斐爲河東太守課人輸租車便致薪兩束爲寒冰炙筆硯

制彫管　綴翠匣　傅玄鷹兎賦曰兎謂鷹曰汝害於物有益於世華髦被札彫管以制　傅子曰漢末一筆之匣綴以隋珠文以翡翠

立憲成功　雕金飾璧　蔡邕筆賦曰昔蒼頡創業翰墨作用書契興焉夫制作上聖立憲者莫先乎筆詳原其所由究察其成功鑠乎煥乎弗可尚矣　傅子曰漢末一管之匣彫以黄金飾以和璧

賦

後漢蔡邕筆賦

惟其翰之所生于季冬之狡兎性精亟以[redacted]悍體遄迅以騁步削文竹以爲管加漆絲之纒束形調[redacted]以直端染玄墨以定色書乾坤之陰陽讃宓皇之洪勲叙五帝之休德揚蕩蕩之明文紀三王之功代兮表八百之肆覲傳六經而綴百氏兮建皇極而序彛倫綜人倫於晻昧兮賛幽冥於明神象類多喻靡施不協上剛下柔乾坤位也新故代謝四時次也圓和正直規矩極也玄首黄管天地色也

晉傅玄筆賦

簡脩毫之奇兎撰珍皮之上翰濯之以清水芬之以幽蘭加竹翠色彫管含册於是班匠竭力良工逞術纒以素枲納以玄漆豐約得中不文不質尔乃染芳松之淳烟兮寫文象於紈素動應手而從心煥光流而星布

詩

梁簡文帝詠筆格詩

英華表玉笈佳麗稱珠網无如茲制奇彫飾雜衆象仰出寫含花横抽學仙掌幸因提拾用遂厠璇臺賞

梁徐摛詠筆詩

本自靈山出名因瑞草傳纖端奉積潤弱質散芳烟直寫入蓬牒横

承洛絮篇一逢掌握重寧憶仲升栺 讃 晉郭璞筆讃 上古結繩易以書契經緯天地錯綜群藝

日用不知功盖萬世 銘 後漢李尤筆銘 筆之強忍庶事分別七術雖衆猶可解說口无擇言

駟不及舌筆之過悞愆尤不滅 晉王隱筆銘 覩其作筆必兎之毫調利難禿亦有鹿毛 啓

梁庾肩吾謝賚銅硯筆格啓 烟磨青石已踐孔氏之壇管插銅龍還笑

王生之璧西域胡人卧織成之金簟游仙童子隱芙蓉之行障莫不並出梁園來須狹室

紙第七

敘事 釋名曰紙砥也謂平滑如砥石也

古者以縑帛依書長短隨事截之名曰幡紙故

其字從糸貧者無之或用蒲寫書則路溫舒截

蒲是也至後漢和帝元興中常侍蔡倫剉故布

擣抄作紙又其字從巾東觀漢記云黃門蔡倫

典作尚方作帋所謂蔡侯紙是也又魏人河間

張揖上古今字詁其巾部云紙今帋則其字從

巾之謂也 見漢記及王隱晉書 一云倫擣故魚網作紙名網

紙後人以生布作紙絲縱如故麻紙以樹木皮

作紙名穀紙 見董巴記及博物志 事對 如石 方絮 釋名曰紙砥也平滑

如砥石也服虔通俗文曰方絮白紙 裹柱 補絪 王羲之筆經曰採毫竟以麻紙裹柱根次取上毫薄薄布令柱不見

然後安之■謝承後漢書曰羊續字叔祖為南陽太守以清率下唯卧一副布絹敗胡紙補之 當策 代簡

傅咸紙賦曰既作契以代繩兮又造紙以當策猶純儉之從宜亦唯變而是適覽之則舒舍之則卷桓玄僞事曰古无帋故用

簡非主於敬也今諸用簡者皆以黃紙代之

黃書　白跡　王隱晉書曰劉卞爲四品吏訪問推一鹿車黃紙令卞寫書卞語訪問劉卞非爲人寫黃紙也訪問寀卞罪下品二等補左人令史　崔鴻前燕錄曰慕容儁三年廣義將軍岷山公黃紙上表儁曰吾名号未異於前何宜便尔自今但可白紙稱疏

擣網　持花　張華博物志曰漢桓帝特桂楊人蔡倫始擣故魚網造紙　孫放西寺銘曰長沙西寺層擣傾頽謀欲建立其曰有意子持紙花揷地故寺東西相去十餘丈於是建剎正當花處

殘行　分句　干宝表曰臣前聊欲撰記古今怪異非常之事會聚散逸使同一貫博訪知之者片紙殘行事事各異　張翰詩序曰永康之末疾苦痿寮故人頗候之常以閑靜爲著詩一首分句改爲各有別讀

尚方　祕府　東觀漢記曰蔡倫傳云倫典作尚方作紙　虞預表曰祕府有布紙三万餘枚

縹紅　青赤　東宮舊事曰皇太子初拜給縹紅紙各一百枚　桓玄僞事曰詔縹平唯作青赤綠桃花紙使極精令速作之

藤角　桃花　范寧教曰土紙不可以作文書皆令用藤角紙　桓玄僞事曰詔命平准作青赤縹綠桃花紙使極精令速作之

別駕函　將軍庫　魏武令曰自今諸掾屬侍中別駕常以月朔各進得失紙書函封主者朝常給紙函各一　裴啓論林曰王右軍爲會稽謝公就乞牋紙庫中唯有九万枚悉與之桓宣武云逸少不節

蔡倫遺業　唐季殘牋　盛弘之荊州記曰棗陽縣百許步蔡倫宅其中具存其傍有池即名蔡子池倫漢順帝時人始以魚網造紙縣人今猶多能作紙蓋倫之遺業也　先賢行狀曰延篤從唐溪季受左傳欲寫本无紙季以殘牋紙與之篤以牋記紙不可寫乃借本誦之

賦

晉傅咸紙賦

蓋世有質文則理有損益故礼隨時變而器與事易既作契以代結繩兮又造紙以當策夫其爲物厥美可珍廉方有則躰潔性真含章蘊藻實好斯文取彼之淑以爲已新攬之則舒舍之則卷可屈可伸能幽能辨

詩

梁江洪爲傅建康詠紅牋詩

雜彩何足奇唯紅偏可作灼爍類蕖開輕明似霞破鏤質卷芳脂裁花承百和不遇精華人豈入風流座

後梁宣帝詠紙詩

皎白猶霜雪方正若布棊宣情且記事寧同魚網時

隋薛道

有純銀參帶圓硯大小各一枚晉書云武帝與
劉弘同年少同硯書東宮故事云晉皇太子初
拜有漆硯一枚牙子自副紀有漆書硯一則其
事也 **事對** 晉銀 孔石 蕭方等三十国春秋曰永嘉六年劉聰引上入讌上謂曰卿爲
豫章王時朕與王武子相造卿贈朕以柘弓銀硯卿憶否聰曰
安敢忘之旦恨尔日不得早識龍顏■伍緝之從征記曰夫子
床前有石硯一枚作甚
古朴盖夫子平生時物 溪源 石穴 永嘉郡記曰硯溪一源中多石硯劉澄之
宋永初山川令古記曰與平石
穴深二百許丈石青色堪爲硯 銀帶 金池 魏武上雜物疏曰御物三十種
有純銀參帶硯一枚純參帶圓硯大小各一枚■傅玄硯賦曰
即方圓以定形鍛金鐵以爲池木貴其能軟石美其潤堅加采
漆之膠固含
冲德之清玄 御筵 置桂 繁欽硯讚曰鈞三趾於夏鼎象辰宿之相扶供无窮之祕用御几筵之優

遊謝承後漢書曰王充於室內門戶牆柱各置筆硯而作論衡方貞班散繁欽硯贊曰或薄或厚乃貞乃
方班采散色漚染毫芒點黛文字耀明典章生翰墨含清玄繁欽硯讚曰頤尋斯硯乃生翰墨自
昔頡皇傳之罔極　傅玄硯賦曰木貴其能軟石美其潤堅加采漆之膠固含冲德之清玄奪刺史借府
君謝承後漢書曰楊班爲荊州刺史趙凱橫奏檻車徵奪其筆硯劉道士傳曰劉根字君安能召鬼張府君語曰聞君能使人
見鬼可使形見不者加戮根曰借府君前筆硯因書奏以扣几須臾五百鬼縛府君死父母至篇籍永垂
讒邪無汙李尤硯銘曰書契既造硯墨乃陳篇籍永垂紀志功勳太公金匱硯之書曰石墨相著而黑邪心讒
言元得汙白魏后數用晉帝少同王沉魏書曰甄后九歲喜書數用諸兄弟筆硯謂曰
汝當習女工而學書當作女博士耶后曰古賢女皆覽前代成敗以爲己戒不知書何因見之　梁元帝忠臣傳曰劉弘沛国
人也弘寓居洛陽與晉武帝同年少同硯書賦晉傅玄硯賦採陰山之潛樸簡衆材之攸宜即方

圓以定形鍛金鐵而爲池設上下之剖判配法象乎二儀木貴其能軟石美其潤堅加采漆之膠固含冲德之清玄詩
楊師道詠硯詩圓池類璧水輕翰染烟華將軍欲定遠見弃不應賒頌魏繁欽
硯頌有般倕之妙匠兮睨詭異於遐都稽山川之神瑞兮識璇之內敷遂縈纒於規矩兮假卞氏之遺模擬渾靈之肇■
制兮效羲和之毁隅鈞三趾於夏鼎兮象辰宿之相扶供无窮之祕用兮御几筵而優遊讚魏繁欽硯
讚方如地象圓似天常班彩散色漚染毫芒點黛文字曜明典章施而不德吐惠无彊浸漬甘液吸受流光銘魏
王粲硯銘爰初書契以代結繩人察官理庶績誕與在代季末華藻流淫文不爲行書不盡心淳樸澆散俗以
崩沉墨運翰染縈辱是若念茲在茲惟王是宅

墨第九

敘事

釋名曰墨晦也言似物晦黑也續漢
書曰守宮令主御筆墨漢官云尚書令僕丞郎

月賜渝麋大墨一枚小墨一枚魏官儀云尚書
郎秋試諸郎故孝廉能文案者先試一日宿召
會都坐給筆墨以奏東宮故事云皇太子初拜
給香墨四丸則其事也

事對

噴紙　點繒 葛洪神仙傳曰班孟不知何許人也嚼墨一噴皆成字竟紙各有意義王充論衡曰論者既不知累害所從生又不知被累害者行賢潔也以塗搏泥以墨點繒孰有知之清受塵白取垢青蠅之汚常在絹素

二螺　九子 陸雲與兄書曰一日上三臺曹公藏石墨數十萬斤云燒此消復可用然不兄頗見之不今送二螺 鄭氏婚礼謁文讚曰九子之墨藏于松烟本性長生子孫圖邊

吐魚　畫掌 葛洪神仙傳曰葛玄見賣大魚謂曰暫煩此魚往河伯處魚主曰魚已死玄曰无苦乃丹書帋内口中投水有頃魚化騰躍上岸吐墨書青色如木葉而去王子年拾遺記曰張儀蘇秦二人同志遞剪

髮以相活或傭力寫書行遇聖人之文无題記則以墨畫於掌内及股裏夜還更折竹寫之

惠葛龔　投庾亮 葛龔與梁相書曰復惠善墨下士所无推骸骨碎肝膽不足明報蕭方等三十国春秋曰王隱始成其書合八十八卷家貧无紙未成其志遂南遊投陶侃於荊州又江州投庾亮乃獲其紙墨始書就焉

伐薪買　禱石祠 何法盛中興書曰葛洪好學常伐薪賣買紙墨千宝搜神記曰益州之西有同自稱黃石公初禱者持一百紙一雙筆一丸墨先聞石室中有声便言吉凶遂不見形

天雨　松煙 災祥集曰天雨墨君臣无道讒人進曹植樂府詩曰墨出青松烟筆出狡兎翰古人感鳥跡文字有改判

致夫　賜令 婦人集曰汲太子妻與夫書曰并致上書墨十螺蔡質漢官曰尚書令僕丞郎月賜渝麋大墨一枚小墨一枚

筑陽山　懷化壍 盛弘之荊州記曰筑陽縣有墨山山石悉如墨顔微廣州記曰懷化郡掘壍得石墨甚多精好可寫書戴延之西征記曰石墨山北五十里山多墨可以書

供歲時　合朱麝 東觀漢記曰和善鄧

后即位萬國貢獻悉禁絕惟歲時供紙墨而已 韋仲將墨方曰合墨法以真朱一兩麝香半兩皆擣細後都合下鐵臼中擣三萬杵杵多愈益不得過二月九月

【銘】後漢李尤墨研銘 書契既造研墨乃陳烟石附筆以流以申

初學記卷第二十一

初學記卷第二十二

武部

錫山安國校刊

旌旗第一

敘事

釋名曰旌精也言有精光也旗期也言與衆期於下也按列子黃帝與炎帝戰以鵰鶡鷹鳶爲旗幟蓋旌旗之始也周官司常掌九旗之物名各有屬以待國事日月爲常交龍爲旂通帛爲旃雜帛爲物熊虎爲旗鳥隼爲旟龜蛇爲旐全羽爲旞析羽爲旌龍旂九斿以象大火也鳥旟七斿以象鶉火也熊旗六斿以象伐也龜蛇四斿以象營室也弧旌枉矢以象弧也　釋名曰九旗之名日月爲常畫日月於其端天子所建言常明也交龍爲旂旂倚也畫作兩龍相依倚通以一赤色爲之无文采諸侯所建也通帛爲旃旃戰也戰戰恭已而已三孤所建象无事也熊虎爲旗旗期也言與衆期於下軍將所建象其猛如熊虎也鳥隼爲旟旟譽也軍吏所建急疾趨事則有稱譽也雜帛爲物一作旆以雜色綴其邊爲鸞尾將帥所建象物雜也龜蛇爲旐旐兆也龜知氣兆之吉凶建之於後察度事宜之形兆也全羽爲旞旞順滑皃析羽爲旌注旄竿首　又

廣雅云天子之旌高九仞諸侯七仞大夫五仞
士三仞則禮含嘉文曰天子之旗九仞十二旒
曳地諸侯七仞九旒齊軫卿大夫五仞七旒齊
較士三仞五旒齊首是也又牙旗者將軍所建也
黃帝出軍決曰有所攻伐作五采牙幢青牙旗
引往東赤牙旗引往南白牙旗引往西黑牙旗
引往北黃牙旗引往中此其義也

事對

招虞 警衆 孟子曰齊景公招虞人以旌不至將殺之禮記曰前有水則載青旌鄭玄注曰載所謂舉於旌首所以警衆者也

舉皮 析羽 鄭記王贇問曰舉於旌首當皆以皮邪尽之也鄭荅曰皆俱舉皮置於首不尽周礼曰析羽爲旌

載青 尚黑 載青以見上史記曰秦并天下以水德之始於旄節旗皆尚黑

翼明 鳥集 天文要集曰翼星明旌旗用趙氏兵書曰有鳥集將軍旌上將軍增秩祿

表門 設道 周礼曰掌舍爲帷宮設旌門注曰對旌以表門漢書文帝詔云朝有進善之旌應劭注曰堯設五達之道令人進善也

在浚 沿河 毛詩曰孑孑干旌在浚之城後魏書曰太祖進師臨河連旌沿河千餘里

九名 五法 周禮曰司常掌九旗之物名河圖曰風后曰子告汝帝之五旗東方法青龍曰旗南方法赤鳥曰鼠西方法白虎曰典北方法玄蛇曰旂中方法黃龍曰常

九仞 六斿 並見上

翠鳳 玄蛇 史記李斯上書曰今陛下建翠鳳之旗尌靈鼉之鼓玄蛇已見上

法鳥 擬虹 法鳥已見五法注王沉餞行賦曰曳招搖之脩旗若蜿虹之垂夫

喜光 勝氣 郝萌古曰旗上有光人主大喜延年益壽黃帝出軍決曰始立牙之日吉氣來應旗幡指敵是謂堂堂之陣正正之旗此大勝之徵

設黃 尚赤 周注

車服雜記曰晉元皇始制五牛之旗設青在左黃在中史記曰沛公祠黃帝蚩尤於沛庭旗幟皆尚赤

舉青　懸赤

軍令曰聞雷鼓音舉白幢絳旗大小船皆進戰不進者斬聞金音舉青旗船皆止不止者斬王孫曰桀紂或身放南巢或頭懸赤旗斯无他不節財而暴人也

五牛　四獸

五牛事已見上注禮記曰行前朱鳥而後玄武左青龍而右白虎招搖在上急繕其怒注曰以此四獸爲軍陣象天也畫招搖星於旌旗上以起居圍勁軍之威怒

駭軍　指敵

詩雅度災曰上出号令而化天下震雷起而驚蟄睹旗鼓動三軍駭觀其前動化而天情可見矣黃帝出軍決曰始立牙之日喜氣來應旗旛指敵或從風來此大勝之徵

賜黃鳥　法青龍

墨子曰赤鳥銜書降曰命周文王伐殷天賜武王黃鳥之旗法青龍已見上注

賦

吳胡綜大牙旗賦

黃初八年黃龍見孫權稱号因瑞改元作黃龍大牙旗常在軍中進退視其所向命綜爲賦曰狼弧垂象實惟兵精聖人觀法是傚是營始作器械爰求厥成四靈既布黃龍處中周制日月實曰太常桀然特立六軍所望

祭文

後漢滕輔祭牙文

恭脩太牢潔薦遐靈推轂之任實討不庭天道助順正直聰明

宋鄭鮮祭牙文

潔牲先事薦茲敬祭崇牙既建義鋒增厲人鬼一揆三才同契惟茲靈鑒廢必有察逆順取辨忠孝表節使凶醜時殲主寧臣悅振旅西原凱歸西蕃神器增輝四境永安

陳子昂禡牙文

蓋先王作兵以討有罪奸慝竊命戎夷不襲則必肆諸市朝大戮原野皇家子育万国寵綏百蠻青雲千呂白環入貢久有年矣契丹凶羯敢乱天常乃蜂聚九山豕食遼塞宴安鴆毒作爲攙搶天厭其凶国用致討皇帝命我爾將王誅今大軍已集吉辰叶應旄頭首建羽旆前列虎貔咸威將士聽誓方候天命爲民殄災惟尔有神尚殲乃醜召太一會雷公翼白虎乘青龍星流彗端氷消朔裔使兵不血刃戎夏大同以昭我天子之德允乃神之功豈非正直克明无縱大雔以作神羞

劍第二

敘事

釋名曰劍檢也所以防檢非常也按管子曰昔葛天盧之山發而出金蚩尤受而制

見典謝 吳有白虹紫電辟邪流星青冥百里六劍 見崔豹古今注 皆陸斷馬牛水擊鴻鴈當敵則斬於甲盾 戰国策曰韓卒之劍皆出於冥山棠谿墨陽宛馮龍泉太阿皆陸斷馬牛水擊鴻鴈當敵斬於甲盾耳 此天下名器也 見列子 古者天子二十而冠帶劍諸侯三十而冠帶劍大夫四十而冠帶劍隷人不得冠庶人有事得帶劍無事不得帶劍 見賈子 禮之所興也劍之在左青龍象也刀之在右白虎象也 見春秋繁露 舊制上公九命則劍履上殿儲君禮均羣后宜劍舄升殿或云漢魏儲君制不納舄則

知劍履上殿久矣漢儀諸臣帶劍至殿堦解劍晉世始代之以木貴者猶用玉首賤者用蚌金銀玳瑁爲雕飾 見周迁輿服雜事 凡劍口謂之鐔 見呂靜韻集 鼻謂之璏 見字林 削謂之室 見方言 鞘謂之衣 見說文亦曰襓音遶

事對

鐵英 金頴 越絶書曰楚王召風湖子問之曰聞吳王有干將越有歐冶請此二人作鐵劍可乎風湖子曰善於是使之吳見干將越見歐冶子使之作鐵劍歐冶干將鑿茨山洩其溪取其鐵英爲劍三枚 吳越春秋曰干將者吳人與歐冶同師俱作劍越前來獻劍三枚闔閭得而宝之故使干將造劍二枚干將曰昔吾師之作冶也金鐵之頴不銷夫妻俱入冶鑪之中

飾鮫 雕蚌 山海經曰鮫魚皮有珠文而堅可以飾刀劍口周迁輿服雜事曰劍所從來久矣其後惟朝服帶劍晉朝代之以木貴者玉飾首賤者雕蚌見敍事

龜文

之以爲劔鐔此劔之始也周官桃氏爲劔臘廣
二寸有半寸臘謂兩刃音獵兩從半之劔脊兩面殺趨鍔者以其臘
廣爲之莖圍長倍之莖謂劔夾人之所握以上中其莖設其後
謂從中以却稍大之身長五其莖長重九鋝音劣謂之上制上士
服之身長四其莖長重七鋝謂之中制中士服
之身長四其莖長重五鋝謂之下制下士服之
其後楚有龍泉秦有太阿工市吳有干將鏌耶
屬鏤越有純鈎湛盧豪曹魚腸巨闕諸劔越絶書曰
楚王召風湖子令之吳越見歐冶子干將使之爲鐵劔三枚一
曰龍泉二曰太阿三曰工市楚王問之何謂龍泉太阿工市風

湖子對曰龍泉狀如登高山臨深淵太阿巍巍翼翼如流水之
波工市從文間起至脊而止如珠而不可衽文若流而不絶晉
鄭聞此三劔求之不得乃興師圍楚城楚王引太阿劔登城麾
之士卒迷惑流血千里晉鄭之頭畢亡吳越春秋曰干將吳人
與歐冶子同師闔閭使造劔二枚一曰干將二曰鏌耶鏌耶者
干將之妻名干將作劔金鐵之精未肯流干將夫妻乃斷髮剪
指投之鑪中金鐵乃濡遂以成劔陽曰干將而作龜文陰曰鏌
耶而作漫理干將匿其陽而出其陰獻之闔閭左傳曰吳王賜
子胥屬鏤以死吳越春秋又曰越王允常聘歐冶子作名劔五
枚一曰純鈎二曰湛盧三曰豪曹四曰魚腸五曰巨闕秦客薛
燭善相劔越王取豪曹巨闕魚腸等示之薛燭皆曰非寶劔也
取純鈎示薛燭曰光乎如屈陽之華沉沉如芙蓉始生於湖觀
其文如列星之行觀其光如水溢於塘此純鈎也取湛盧示之
薛燭曰善哉銜金鐵之英吐銀錫之精寄氣託靈有游出之神
服此劔可以折衝伐敵人君有逆謀則去之他國允
常乃以湛盧獻吳吳公子光弑吳王僚湛盧去如楚漢有高
祖斬蛇劔見漢書魏有文帝飛景流彩華鋒三劔

龍藻吳越春秋曰吳使干將造劒二枚陽曰干將而作龜文龍藻曹素都賦曰劒則流彩之珍素質之宝乍虹蔚波
映或龜文龍藻服之可以㳯百蠻揹麾可以開昏擾**步光** **飛景**曹植七啓曰步光之劒華藻繁縟魏
文帝典論曰選兹良金命彼国工精而鍊之至于百辟淡以清漳光似流星名曰飛景**齊金** **楚鐵**国語
曰桓公問曰齊国寡甲兵爲之若何管子曰小罪讁以金分宥間罪入美金以鑄劒戟試之狗馬史記曰秦昭王臨朝歎息曰
吾聞楚之鐵劒利則士勇也**玉頭** **珠口**張敞晉東宮舊事曰太子儀飾有玉頭劒山海經注曰鮫
魚皮有珠文而堅可以飾劒口耳**犀表** **魚文**魏文帝典論曰余好擊劒命彼国工以爲宝器飾以
文玉表以通犀淮南子曰夫淳劒魚腸之始下夫擊則能不斷刺則又能入高誘注曰魚腸文繞屈襞若魚腸**賜馮**
賞魏東觀漢記曰建武二年遣馮異西擊赤眉于關中上自河南賜異乘輿七尺玉貝劒張瑩漢南記曰魏應字尹
伯任城人明魯詩章帝重之數進見論難於前特受賞賜劒玦衣服也**辟閭** **巨闕**孫卿子曰干將莫邪

辟閭皆古之良劒也巨闕見上**錯荊玉** **銜越金**曹植七啓曰歩光之劒華藻繁縟綴以驪龍之
珠錯以荊山之玉吳越春秋曰秦客薛燭善相劒楚王取湛盧示之燭曰善哉銜金鐵之英吐銀錫之精巳見上**候天**
占氣趙曄吳越春秋曰吳使干將造劒二枚一曰干將二曰鏌耶謨耶者干將之妻名干將造劒采五山之精合六
金之英候天伺地陰陽同光雷次宗豫章記曰吳未亡恒有紫氣見牛斗之間占者以爲吳只唯張華以爲不然及吳平此氣
愈明華曰此宝劒氣**麾城** **擊市**麾城巳見敘事擊市者尉繚子曰一賊挾劒擊於市万人无不觸辟
者臣以爲非一人獨勇一市万人皆不肖**鼓橐** **駭鑪**吳越春秋干將曰昔吾師之作冶也金鐵之類
不銷夫妻乃斷髮剪指投之鑪中使童子三百鼓橐壯炭金鉃乃濡魏文帝典論余好擊劒善以短乘長選兹良金命彼国工
精而鍊之至于百辟其始成也五色駭鑪巨橐自鼓**遷地** **徹天**周礼曰鄭之刀宋之斤魯之削吳越
之劒迁乎其地而不能爲良地氣然也雷次宗豫章記曰吳未亡恒有紫氣見於斗牛之間張華聞雷孔章妙達緯象乃邀宿

屏人問孔章曰唯斗牛之間有異氣是宝物之精上徹於天耳孔章具言遂以孔章爲酆城令掘得二劍

墜竹

帶槐 趙曄吳越春秋曰越王允常聘歐冶子作劍五枚三大二小三曰豪曹秦客薛燭曰善相劍王取豪曹示之薛燭曰實非宝劍也今豪曹五色黯然无華已殞其光亡其神此劍不登斬而辱則墮於飲中矣王曰寡人置劍竹盧上過而墜之斷金獸之頸飲濡其刃以爲利也周斐先賢傳曰許加給縣功曹儀小吏常持劍侍功曹月朔晨朝弁持炬火加於是忽然歎曰男兒爲吏不免賤役即投火於地以劍帶槐對趍謁府門

詩

梁吳均詠寶劍詩 我有一宝劍出自崑吾溪照人如照水切玉如切泥鍔邊霜凜凜匣上風凄凄寄語張公子何當來見携

崔融詠劍詩 宝劍出昆吾龜龍夾采珠五精初獻術十戶竟論都匣氣衝牛斗山形轉鹿盧欲知天下貴持此問風湖

篇

李嶠寶劍篇 吳山開越溪涸三金合冶成宝鍔淬綠水鑒紅雲五彩晱起光氛氳背上銘爲萬年字胷前點作七星文龜甲參差白虹色轆轤宛轉黃金飾駭犀中斷寧方利駿馬群驅未擬直風霜凜凜匣上清精氣遥遥斗間明避災朝穿晉帝屋逃難夜入楚王城一朝[illegible]偶逢大仙虎吼龍鳴騰上天東皇提升紫微座西王佩下赤城田承平久息干戈事僥倖得充文武備除災辟患宜君王益壽延齡後天地

歌

郭元振古劍歌 君不見昆吾鐵冶飛炎烟紅光紫氣俱赫然良工鍜錬經幾年鑄得宝劍名龍泉龍泉顏色如霜雪良工咨嗟嘆奇絶琉璃匣裏吐蓮花錯鏤金環映明月正逢天下无風塵幸得用防君子身精光黯黯青蛇色文章片片綠龜鱗非直結交游俠子亦嘗親近英雄人何言中路遭弃捐零落漂淪古獄邊雖復沉埋无所用猶能夜夜氣衝天

啓

梁簡文帝謝賚方諸劍等啓 綿發王函雕奇溢目始開牙檢麗飾交陳巳疋丹霞之輝乍比青雲之制身文自貴器用爲宜寒暑兼華左右相照

銘

晉斐景聲文身劍銘 器以利表實以名舉良劍耿介體文經武陸斷玄象水截輕羽九功斯象七德是輔

晉張協太阿劍銘 太阿之劍世濟其美淬以清波歛以越砥如玉斯曜若景在水不運自肅率土從軌

刀第三 敘事

釋名曰刀到也以斬伐到其所乃擊之也其末曰鋒言若鋒刺之毒利其本曰環形似環也或曰黃帝採首山之金始鑄爲刀見郭子橫洞冥記

歷代有吳刀赤刀容刀鸞刀歸藏曰大副之吳刀是用出禹尚書曰赤刀大訓弘璧琬琰在西序孔安国注曰宝刀赤刀削也毛詩曰執其鸞刀注曰刀有鸞者毛詩又曰何以舟之維玉及瑤鞞琫容刀注云舟帶也容刀言有武事

鄭刀見周礼 孟勞穀梁傳曰孟勞魯之宝刀 西戎利刀見孔叢子秦王得之割玉如割木也 昆吾割玉刀見十州記周穆王時西胡所献切玉如切泥 鳴鴻刀見郭子橫洞冥記漢武帝以賜東方朔 百辟寶刀典論曰魏太子丕造百辟宝刀一曰靈宝二曰含章三曰素質又作露陌刀一名曰龍鱗矣 百鍊青犢漏影三刀見崔豹古今注漢文帝刀

古人鑄刀以五月丙午取純火精以協其數見吳喜志林 又阮師之作刀受法於金精之靈七月庚辛見金神於冶監之門向西再拜金神教以水火之齊五精之鍊用陰陽之候取剛柔之和三年作刀千七百七十口其刀平背狹刃方口洪首截輕微不絕絲髮之系斫堅剛無變動之異見楊泉物理論 所謂百鍊利器以辟不祥攝服姦宄者此也見魏武帝內戒令

事對

吳刀 周寶吳刀已見叙事博物志曰赤刀周之宝器

脫光 漏影龍魚河圖曰有脫光刀漏影已見叙事中

屠

牛　斬虎淮南子曰屠牛坦一朝解九牛而刀可以剃　銅
口　金頭點咸奏事曰尚書舊奏給介士二百人人給大銅口刀各一枚謝尚與楊征南書曰云令飾五尺金頭刀
碧綾車中盾　採金　切玉並見叙事　專諸持　陵統舞列士傳曰專諸持一
剛刀置魚腹中以刺王僚吳書曰陵統怨甘寧殺其父寧常備
統不得與相見於呂蒙會酒酣統乃用刀舞寧起曰寧能雙戟
舞　白虎象　金馬形春秋繁露曰刀在右白虎之象也李尤金馬書刀銘云巧冶鍊剛金
馬託形　將軍賜固　刺史與祥班固與竇憲牋曰令月中舍以令賜固把刀曰
此大將軍少小時所服今賜固伏念大恩且喜且慙晉中興書
云初魏徐州刺史任城呂虔有佩刀工相之以爲必三公可服
此刀虔謂别駕王祥曰苟非其人刀或爲害卿有公輔之量故以相與祥辭之固強乃受之　師望鼓刀
庖丁游刃楚辭曰師望在肆昌何識鼓刀揚声后乃喜莊子曰庖丁爲文惠君解牛丁曰今臣之刀十九年矣

所解數千牛矣而刀若新發於硎彼節者有間而刀刃者无厚
以无厚入无間恢恢乎其游刃必有餘地於是以十九年刀刃
如新　淬以清流　礪以越砥李尤金馬書刀銘云淬以清流礪以越砥　陸剸
犀兕　水截鯨鯢王粲刀銘云陸剸犀兕水截鯨鯢　賦　魏陳王曹植
寶刀賦建安中魏王命有司造宝刀五枚以龍熊鳥雀爲識貝太子得一余及弟饒陽侯各得一焉有皇漢之明后思
眞逵而玄通飛文藻以博致揚武備以禦凶然後礪以五方之
石鑒以中黃之壤規圓景以定環攄神思而造象陸斬犀革水
斷龍舟輕擊浮截刃不截流踰南越之巨闕超西楚之泰阿定真人之攸御求天祿而是荷　啓　梁簡文
帝謝勅賚善勝刀啓水鍔含采雕琰表飾名均素質神号胱光五宝初成曹丕先荷其一
善勝令造愚臣搃被其恩賜韓非之書未足爲比給博山之筆方此更輕　銘　後漢李尤錯佩
刀銘佩之有錯抑武揚文豈爲麗好將戒其身　魏文帝露陌刀銘於鑠良刀

胡練亶時譬諸麟角靡所任茲不逢不若永世保持魏陳王曹植寶刀銘造茲宝刀既礱既礪匪以尚武予身是衛麟角匪觸鸞距匪蹶晉張協文身刀銘宝刀既成窮理尽妙斂文波迴流光電照

弓第四

敘事

釋名曰弓穹也張之穹崇然也按世本揮始作弓宋表注曰揮黃帝臣又孫卿子曰倕作弓墨子曰羿作弓三說不同易所謂弦木爲弧剡木爲矢弧矢之利以威天下蓋取諸睽周官司弓矢掌六弓四弩八矢之法辨其名物而掌其守藏與其出入六弓王弓弧弓夾弓庾弓唐弓大弓是也中春獻弓弩中秋獻矢箙及其頒之王弓弧弓以授射甲革椹質者夾弓庾弓以授射豻侯鳥獸者唐弓大弓以授學射者使者勞者又弓人爲弓取六材必以其時六材既聚巧者和之幹也者以爲遠也角也者以爲疾也筋也者以爲深也膠也者以爲和也絲也者以爲固也漆也者以爲受霜露也凡爲弓冬析幹而春液角夏治筋秋合三材爲天子之弓合九而成規諸侯之弓合七而成規大夫之弓合五而成規士之弓合三而成規又孫卿

子云天子雕弓諸侯彤弓大夫墨弓三禮圖云彤弓天子所用旅弓卿已下所用也爾雅云弓有緣者謂之弭今角弓 以金者謂之銑以蜃者謂之珧以玉者謂之珪用金蚌玉飾弓兩頭因取類以爲名 釋名又云弓末曰簫言簫梢也又謂之弭以骨爲之滑弭弭也中央曰弣孚主反 弣撫也所撫持也簫弣之間曰淵淵宛也言宛曲也又說文云弴丁昆反 畫弓也弲虛全反 角弓也弧木弓也權弓曲也彇舒招反 弓便利也彏烏郭反 弓急張也弸百生反鄙矜反 弓彊皃也弙一弧反 滿弓有所嚮也

事對

四材 七幹 韓詩外傳云齊景公使人爲弓弓人之妻曰此弓者泰山南烏號之柘燕牛之角荊麋之弭河魚之膠四物者天下之精材也周礼曰凡反幹之道七柘爲上檍次之檿桑次之橘次之木瓜次之荊次之竹爲下

繡質 綠沉 陳琳武軍賦曰弓則烏號越棘繁弱角端象弭繡質哲弣文身劉劭趙都賦曰其用器則六弓四弩綠沉黃洞堂谿魚腸丁令角端

蜃珧 象弭 爾雅曰弓有緣者謂之弭以蜃謂之珧見叙事毛詩曰四牡翼翼象弭魚服鄭玄注曰以象骨爲之

定準 成規 譙子法訓曰善耕者足以謹地待時而動善射者調弓定準見可而發君子善養其人足用周礼云天子之弓合九而成規大夫之弓合五而成規士之弓合三而成規已見前叙事中

楚桃 越棘 左傳曰楚靈王次于乾谿右尹子革夕王與之語曰昔我先王熊繹辟在荊山唯是桃弧棘矢以供禦王事陳琳武軍賦曰弓則烏号越棘繁弱角端象弭繡質哲弣文身 沈懷遠南越志曰宋昌縣有棘竹長十尋俚人取以爲弓

弦木

飾金 周易曰弦木爲弧剡木爲矢弧矢之利以威天下爾雅曰弓以金者謂之銑以蜃者謂之珧以具敘事 東房 西序 尚書曰和之宮垂東房孔安国注曰和古之弓人也儀礼曰司射告賓曰弓矢既具有司請射賓與大夫之弓倚于西序矢在弓下 招虞 遺郤 左傳曰齊景公田于沛招虞人以弓不進公使執之辭曰旃以招大夫弓以招士皮冠以招虞人臣不見皮冠故不敢進又曰晉楚戰於鄢陵郤至三遇楚子之卒見楚子必下免冑而趍風楚子使工尹襄問之以弓杜預注曰問遺之也 青檀 黒幹 遁甲開山圖曰河東有獨頭山多青檀可以爲良弓周礼曰弓人爲弓取六材必其時凡相幹欲赤黒而陽声赤黒則向心陽声則遠根 楊幹 桑張 劉向說苑曰齊攻魯子貢見哀公請求救於吳公曰奚先君宝之用子貢曰使吾宝而與我師是不可恃也於是以楊幹麻筋之弓六往礼記曰男子生桑弧蓬矢六射天地四方注云天地四方男子所有事也 越麻 晉竹 越絶書曰麻林山勾踐欲伐吳種麻爲弓弦使齊人守之晉令曰弓弩士習弓射者給竹弓角弓皆二人一張 救

日 觀星 周礼曰庭氏掌射国中之妖鳥若不見其鳥獸則以救日之弓救月之矢夜射之鄭司農注曰救月之矢謂日月食所作弓矢張勃吳錄曰揮觀弧星始制弧 錫功 備盜 毛詩曰彤弓天子錫有功諸侯也彤弓弨兮受言藏之韓揚天文要集曰弧者天弓備盜賊 象骨 麋肋 毛詩曰四牡翼翼象弭魚服鄭玄注象弭弓反末彆者以象骨爲之以助御者劉向列女傳曰晉平公使工爲弓其妻見公曰妾之造此弓亦已勞矣幹生太山之阿傳以燕牛之角纏以荊麋之筋糊以何魚之膠此四者天下之選也

詩

唐太宗文武聖皇帝詠弓詩 上弦明月半激箭流星遠落鴈帶書驚啼猿映枝轉

後梁宣帝詠弓詩 虞人招不進繁氏久弥工巳悲軒主跡復挹楚王風

楊師道奉和詠弓詩 霜重麟膠勁風高月影圓鳥飛隨帝輦鴈落逐鳴弦

啓

齊王融謝武陵王賜弓啓 殿下摛藻蕙樓暢藝蘭苑敷積玉於風筵疊蓮珠於月的兎園擒秀鄴水慙奇融捐讓未工濫升下飲之賞操弧友

正謬奉招賢之錫文鞱鏤景逸軒捎雲玩溢百齡佩流千載

【銘】晉嵇含木弓銘烏號之撲豐條足理弦泒走括截飛駭止翮集高牆出必有凝既用禦武亦以招士

晉李尤良弓銘弓矢之作爰自羲皇御射載礼招命在詩妙稱顏高巧發晉師不爭之美亦以辨儀

箭第五

【敘事】說文曰箭矢也釋名曰矢指也言其有所指向迅疾也又謂之箭前進也方言云自關而東謂之矢江淮之間謂之鍭侯關西曰箭郭璞注云箭者竹名因以爲號也按世本牟夷作矢牟夷黃帝臣名孫卿子曰浮游作矢周官司弓矢掌八矢之法八矢一曰枉二曰絜三曰殺四曰鍭五曰矰六曰茀七曰恒八曰庳凡枉矢絜矢利火射用諸守城車戰殺矢鍭矢用諸近射田獵矰矢茀矢用諸弋射恒矢庳矢用諸散射此八矢者弓弩各有四焉蓋枉殺矰恒弓所用也絜鍭茀庳弩所用也釋名又云凡矢本曰足言其形似木木以下爲本以根爲足也又謂之鏑鏑敵也言可以禦敵也齊人謂之鏃鏃族也言其所中皆族滅也關西謂之釭釭鉸也言有鉸刃也其末曰括括會也言與弦會也括旁曰叉形似叉

也其受矢之器以皮曰箙柔服之義也織竹曰笮相迫笮之名也步义人所帶以箭义於其中也馬上曰韇韇建也言弓矢並建立於其中

事對

青鏃　赤莖　魏志曰挹婁在夫餘東北千餘里弓長四尺如弩栝長八寸青石爲鏃太公六韜曰陷堅陣敗強敵大黃參連弓飛鳧電景自副注云電景矢名赤莖赤羽以銅爲首

象星　如雨　周礼曰司弓矢掌八矢之法枉矢絜矢利火射用諸守城車戰鄭玄注枉矢者取名[redacted]星飛行有光也今之飛矛是也或謂之兵矢絜矢象焉二者可結火以射敵守城車戰漢書曰匈奴左賢王圍李廣廣爲圓陣外向矢下如雨漢兵死者過半

青莖　朱羽　太公六韜曰電景青莖赤羽以銅爲首国語曰吳晉會于黃池吳王擐甲陳卒赤旗赤羽之矰望之如火賈逵注曰矢羽爲矰

飲石　發銅　劉向新序曰楚熊渠子夜行見寢石似伏獸射之飲羽韓子曰智伯將伐趙趙襄子曰奈无箭何張孟談曰董安于之治晉陽公宮之堂皆鍊銅爲柱君發而用之有餘金矣

夏服　趙韊　司馬相如子虛賦曰左烏号之彫弓右夏服之勁箭史記曰魏公子无忌進兵擊秦秦兵解去遂救邯鄲趙王及平原君自迎公子平原君負韊矢爲公子先引呂忱字林曰韊盛弩矢

貫隼　傷鳧　国語曰仲尼在陳有隼集於陳侯之庭而死楛矢貫之石砮其長尺有咫陳惠公使人如仲尼之館問之仲尼曰隼之來遠矣此肅慎氏之矢也焦貢易林曰雙鳧俱飛以歸稻池經涉三澤爲矢所射傷我胷臆

羊頭　鶉尾　楊雄方言曰凡箭鏃三者謂之羊頭其廣薄而長薄謂之錍魏百官志曰三公拜賜鶉尾骹箭十二枚

金僕　石砮　左傳曰魯莊公以金僕姑射南宮長万杜預注曰金僕姑矢名也石砮事見貫隼注

忘歸　信往　孔叢子曰楚王張繁弱之弓載忘歸之矢以射蛟兕於雲夢趙氏兵書曰矢一名信往

焦銅　毒鐵　博物志曰交廣州山名曰里子弓長數尺箭長尺餘以焦銅爲鏑塗毒藥於鏠中深琳武軍賦曰矢則由意肅慎箘簵空疏焦銅毒鐵簳鏃鳴鏃

贊 梁昭明太子弓矢讚 弓用筋角矢制良工亦以觀德非止臨戎楊葉命中猿墮

張空 銘 後漢李尤弧矢銘 弦木為弧剡木為矢協井八極四方同紀 晉江

統弧矢銘 幽都筋角會稽竹矢荆土名珍東南之美易以獲隼詩以殪兕伐叛柔服用威不避

甲第六 敘事 釋名云甲似物有孚甲以自禦也

亦曰介亦曰函亦曰鎧皆堅重之名也 廣雅曰函甲介鎧也

按管子葛盧之山發而出水金從之蚩尤受而

制之以為劍鎧此其始也又世本云輿作甲 宋注云輿少康子 周官函人為函犀甲七屬 音注 兕甲六屬

合甲五屬犀甲壽百年兕甲壽二百年合甲壽

三百年 犀堅者又支久 凡為甲必先為容然後制革權

其上旅與其下旅而重若一 上旅謂要以上下旅謂要以下 凡甲下

飾謂之裳 見左傳 甲藏謂之纍 見國語 甲衣謂之櫜 見禮記

說文云首鎧謂之兜鍪亦曰冑臂鎧謂之

釬頸鎧謂之錏鍜 事對 浴鐵 縲金 晉建武故事曰王敦死祕不發喪賊水南北渡攻宮壘柵皆重鎧浴鐵都督應詹等出精銳距之車頻秦書曰符堅使能選造金銀細鎧金為綖以縲之

連組 被練 呂氏春秋曰郈之故為甲常以帛公息忌謂郈君曰不若以組高誘注曰以組連甲左傳曰楚子重伐吳至衡山使鄧廖師組甲三百被練三千以侵吳馬融注曰被練練為甲裏卑者所服 兕革 犀

皮 國語曰晉平公射鴳不死使豎襄搏之逸公怒拘將殺之叔向聞之曰君必殺之昔吾先君唐叔射兕于徒林殪以

爲太甲今君射鴳不死搏之不得是揚吾君之恥也賈逵注曰以兕革爲大甲宋元嘉起居注曰御史中丞劉楨奏前廣州刺史韋郎於廣州所部作犀皮鎧六領請免郎官也

纓縢 綴組 周書曰年不登甲則纓縢宮室不容注曰縷繩甲不以組左傳曰楚子重伐吳至衡山使鄧廖師組甲三百以侵吳服虔注曰以組綴甲

益趙 繕京 戰国策曰陘山之事趙且與秦伐齊齊王懼蘇代爲齊獻書穰侯曰臣聞往來者之言曰秦且益趙甲兵四万人以伐齊臣竊必是之弊邑之王曰秦王明熟於計穰侯智而習於事必不益趙甲兵以伐齊也毛詩曰叔于田刺莊公也叔處于京繕甲治兵以出田国人悅而歸之

楚鮫 鄭兕 孫卿子曰楚人鮫革犀兕以爲甲鹽鐵論曰強楚勁鄭有犀兕之甲

光耀 精剛 陸翽鄴中記曰石季龍左右直衛万人皆著五色細鎧光耀奪目陳琳武庫賦曰鎧則東湖闕鞏百鍊精剛函師震椎韋人製縫玄羽縹甲灼爚流光

夾陛 環宮 吳越春秋曰公子光伏甲士於私室具酒而請王僚王僚乃被棠夷之甲三重使兵衛至光家之門夾陛帶甲左右皆王僚之親戚也左傳曰

齊嘗于太公之廟慶舍莅事盧蒲癸王何執寢戈慶氏以其甲環公宮

伏窋 等山 左傳曰吳公子光伏甲於窋室而享王僚王僚使甲坐於道及其門東觀漢記曰劉盆子與丞相巳下二十餘万人詣宜陽降光武積甲於宜陽城西高與熊耳山等

賀吳 獻魏 吳越春秋曰勾踐使大夫文種於吳曰竊聞大王興大義誅強救弱越使賤臣種以先人藏器及甲二十領以賀君魏志曰景元二年肅慎国献皮骨鐵雜鎧二十領

覆笠 蒙輪 吳志曰呂蒙約令軍中不得干歷人家有所求取蒙麾下士取人家一笠以覆官鎧官鎧雖公蒙猶以爲犯軍令左傳曰諸侯會於相遂伐偪陽狄■弥建大車之輪而蒙之以甲以爲櫓

銘

李尤鎧銘 甲鎧之施扞禦鍔矢尚其堅剛或用犀兕內以存身外不傷害有似仁人厥道廣大好德者寡好戰者危專智恃力君子不爲

魏曹植上先帝賜鎧表 先帝賜臣鎧黑光明光各一領兩當鎧一領今代以平兵革无事乞悉以付鎧曹自理

書

晉庾翼與慕容皝鎧書 鄧百川昔送此犀皮兩當鎧一領雖不能精好復是異物故復致之

鞍第七 【敘事】說文曰鞍馬鞁具也鹽鐵論曰古
者繩鞚草鞮皮薦而已其後代以革鞍鐵鑣而
不飾其後乃有鏤衢鞍（三輔決録曰梁冀以一鏤衢鞍遺公孫奮）紫茸題
高橋鞍（魏百官各有紫茸題頭高橋鞍一具）或有金銀翠毛之飾（永昌記曰文帝秦王金銀鞍加翠毛之飾）
又有障泥障汗（亦曰弁汗）靮尾珂亦從鞍
以爲飾（世說王武子常乘一馬著連乾障泥前有水馬不肯渡王云此必是惜障泥使人解去馬乃渡百官各有織成障泥一具鹽鐵論曰今富者𣃍有弁汗靮䩭𩋏魏百官各有赤茸■石靮尾一具服虔通俗又曰凡勒飾曰珂）

【事】【對】鏤衢 金梁（鏤衢見叙事三輔決録曰平陵公孫奮富聞京師梁冀知奮偷悋以鏤衢鞍遺奮從貸五千万劉義恭有謝金梁鞍啓具於事後）懸柱 照人（魏志曰太祖馬鞍在庫爲鼠所齧庫

吏懼死鄧京王沖以刀穿單衣如鼠齧者謬有愁色太祖問之沖曰俗以兒齧衣者其主不吉太祖曰此妄言耳俄而庫吏以齧鞍聞太祖笑曰兒衣在側而齧況懸柱乎古樂府左延年從軍詩曰從軍何等樂一駈乘雙駁鞍馬照人白龍驤自動作）

紫茸 翠毛（並已見上）賜桓 迎魯（東觀記曰永元元年西謁園陵桓郁兼羽林中郎將上賜馬二疋并鞍勒防汗又吳志曰曹公敗走魯肅即先還孫權大請諸將肅將入閤拜權礼之因謂曰子敬■鞍下馬相迎足以表卿志耳）

賜趙 遺孫（司馬彪漢書曰光武徵趙喜引見賜鞌馬待詔公車又遺公孫奮已見上）琉璃 致珂（西京雜記曰武帝時身毒国獻白光琉璃鞍在暗室光照十丈又武帝得貳師天馬造攻珂石爲鞍）挂長林 登高嶽（謝惠連詩曰挂鞍長林側飲馬脩川涓劉崑扶風歌曰繫馬長松下登鞍高岳頭）

【表】魏曹植上銀鞍表（於光武皇帝代効此銀鞍一具初不敢乘謹奉上）

【啓】宋劉義恭謝金梁鞍啓（賜臣供禦金梁橋鞍）

制作精巧宜副龍駟聖慈下逮猥垂光錫亦有顛沛井羸其瓶罔不斯敗

銘 後漢李尤鞍銘 駈騖馳逐騰躍覆■雖其捷習

轡第八

敘事 釋名曰轡拂也言牽引拂戾以制馬也轡之爲飾有銜勒鑣羈韁鞚之類以成其用也銜在口中之言也勒絡也絡其頭而引之鑣包也在傍包斂其口也羈撿也所以持制之也韁疆也繫之使不得出疆限也韁亦曰靮故埤蒼曰靮馬韁也鞚 控制之義通俗文云所以制馬曰鞚夫轡之於馬也猶人君以吏之御人也

故家語曰古者天子以內史爲左右手以德法爲銜勒以百官爲轡善御馬者正銜勒齊轡策均馬力和馬心故口無聲而馬應轡策不舉而極千里善御人者一其德法正其百官均齊人力和安人心故令不再而人順從刑不用而天下理矣

事對 令舍 犯軷 周禮曰挈壺氏挈轡以令舍鄭司農注云縣轡於所當舍止之處又大馭掌馭玉路以祀及犯軷王自左馭馭下祝登受轡犯軷遂駈之

如濡 沃若 毛詩曰我馬維駒六轡如濡又曰我馬維駱六轡沃若

在手 正身 毛詩曰駟牡孔阜六轡在手家語曰善御馬者正身以總轡

千乘弭 百馬齊 班固東巡頌曰乘輿動色羣后屏氣乃騎齊鑣千乘弭轡魏明帝善

哉行曰百馬齊轡御由造父

君政 臣祿 家語曰閔子騫爲費宰問政於孔子孔子曰君者人也吏者轡也刑者策也人君之政執其轡策而已矣淮南子曰權衡者人主之車輿爵祿者人臣之銜轡矣

令制下 禮齊人 孔叢子曰夫子云夫政令者人君之銜轡所以制下也又曰孔子適衛衛將軍文子問曰令齊之以形而猶弗勝何礼之齊也孔子云礼之齊人譬之於御則轡也

奔馬委 上車攝 管子曰凡敕者小利而大害也故口而不勝其禍故敕者奔馬之委轡也无敕者痤疽之礦石也淮南子曰王良造父御也上車攝轡馬爲齊整

挈壺懸 太僕執 挈壺懸已見令舍注百官春秋曰大駕公卿奉引太僕執轡大將軍陪乘光武東京郊祀法駕則河南尹奉引奉車都尉執轡侍中參乘

得之於手 應之於心 列子曰凡御者得之於銜應之於轡得之於手應之於心

銘

後漢李尤轡銘 轡銜在手急緩必時賞罰在心中和是思馬知良銜進取道里人知善政令行禁止

鞭第九

敘事

鞭策箠皆馬檛之名說文所謂驅遲者也古者用革以扑罪人亦以驅馬故其文從革書曰鞭作官刑此則施於民也傳曰左執鞭弭又曰雖鞭之長不及馬腹此則施於馬也其後以竹代革故策箠二文又並從竹蓋因驅策箠擊之義以立名也漢書婁敬曰周大王以狄伐杖馬箠去居岐禮記曰獻車馬者執策綏君車將駕則僕執策立於馬前則其事也

事對

楚令 秦謡 左傳曰楚靈王使圍徐以懼吳楚子次于乾溪以爲之援雨雪王皮冠秦復陶翠被豹舄

執鞭以出杜預注曰執鞭以教令崔鴻符秦錄曰符
堅時関中謠曰長鞘馬鞭擊左股太歲南行當避虜 **李銘**
曹賦 李尤作馬鞭箠銘具載於後魏文帝臨渦賦曰建安十八年從上拜墳墓遂乘馬遊觀東固遵渦水駐馬書鞭
爲臨渦賦 **持鐵** **埋銅** 蕭方等三十国春秋曰王敦謀害王澄而澄衆有二十人持鐵馬鞭爲衛吳會
分地記曰六山者勾踐於此山鑄銅銅不鑠則埋之上
生箠勾踐遣使者取從南社種之飾爲馬箠獻於吳 **執鞭**
投策 左傳曰晉公子重耳對楚子曰左執鞭弭右屬櫜鞬以與君周旋公羊傳曰楊虎將殺季孫于蒲使臨南御之至
孟衢臨南投策
使揚越下取策 **齊人** **數馬** 孔叢子曰刑以齊人譬之以御則鞭策也漢書曰石慶爲太
僕御出上問車中幾馬慶
以策數馬舉手曰六馬 **馬箠** **馳鞭** 馬箠已見敘事魏百官名曰馳馬鞭
二枝 **柱地** **指天** 異苑曰昔有人乘馬山行遥望有二老翁相對樗蒲遂造馬以策拄地而觀之自謂
俄頃視其馬鞭摧然已爛宋書曰義旗起桓玄戰敗將出奔胡
番提玄馬鞚曰令羽林射手猶有八百拾此歸可復得乎玄直

以馬鞭指天而已 **齊刑** **占夢** 齊刑已具齊人注夢書曰占夢得鞭策欲有使也 **越銅**
晉金 越銅見埋銅注世說曰王敦在姑孰晉明帝出看敦竟追帝帝以金馬鞭與客姥追者問姥姥云去已久矣
飾珊瑚 **施象牙** 涼州記曰咸寧二年發張駿陵得鞭飾以珊瑚張華輕薄篇曰横簪刻玳瑁長
鞭施象牙

銘

後漢李尤馬箠銘 御者箠策示有威怒東野之敗督責過度

獵第十

敘事

易曰庖犧氏之王天下也結繩而爲
網罟以佃以漁蓋取諸離此其始也白虎通曰
王者諸侯所以佃狩者何也爲田除害上以供
宗廟下以簡集士衆也故爾雅曰春獵爲蒐夏
獵爲苗秋獵爲獮冬獵爲狩郭璞注云蒐爲搜

索取不任者苗爲苖稼除害獮爲順殺氣狩爲
得獸取之无所擇此則爲田除害之義又禮記
曰古者天子諸侯无事則歲三田一爲乾豆二
爲賓客三爲充君之庖无事而不田曰不敬田
不以禮曰暴天物天子不合圍諸侯不掩群天
子殺則下大綏諸侯殺則下小綏大夫殺則止
佐車佐車止則百姓田獵獺祭魚然後虞人入
澤梁豺祭獸然後田獵鳩化爲鷹然後設罻羅
草木零落然後入山林昆虫未蟄不以火田不
麛不卵不殺胎不殀夭不覆巢又曰季冬之月

天子乃教田獵以習五戎鄭玄注曰田獵之禮
教人以戰法此則上供宗廟下以簡集之義祭
邕月令章句曰獵捷也言以捷取之獵亦曰狩
狩獸也鄭玄詩箋言田獵搏獸也亦曰畋畋田
也則爾雅爲田除害之義此獵之異名也

事

對

講武 習戎 班固東都賦曰若乃順時節而搜狩簡車徒以講武則必臨之以王制教之以風雅礼記曰季冬之月天子乃教田獵以習五戎法注云五戎謂戈殳戟弓矢之徒

三驅 一面 周易曰王用三駈失前禽皇甫謐帝王世紀曰成湯出見羅者方祝湯問之曰尒之祝何也羅者從天下者從地出者從四方來者皆入吾網湯

聞曰嘻尽之矣非非桀其孰能爲乃令解其三面留其一面

搏狩 **大蒐** 毛詩曰田車既駕四牡將阜東有甫草駕言行狩之子于苗選徒嚻嚻建旐設旄搏狩于敖魏文武校獵賦曰高宗征于鬼方兮黄帝有事于阪泉偃賊備之作戾兮忿呉夷之不藩將訓兵于講武兮因大蒐乎田隙

四校 **二虞** 司馬相如上林賦曰前皮軒而後道游孫叔奉轡衛公參乘扈從横行出乎四校之中應場校獵賦曰乃命有司巡士周尋二虞萊野三扈表禽[redacted]

竦戎 **講旅** 楊雄長楊賦曰平不肆險安不忘危迺時以有年出兵整輿竦戎振師五柞習馬長楊簡力狡獸校武剽禽王粲校獵賦曰遵古道以游豫兮昭勸助乎農圃用時隙之餘日兮陳苗狩而講旅

晉鼓 **虞旗** 蔡邕月令章句曰季秋之月天子乃教于田獵以習五戎班馬政其出以順時取禽其礼將軍執晉鼓師率執提旅率執鼙以教坐作進退徐疾之節周礼曰山虞掌山林之政令若大田獵則萊山田之野及弊田植虞旗于中致禽而旗焉

東津 **南圃** 魏文帝詩曰巾車中鄴宮校獵東橋津重罝結密網罘罕飄如雲張衡羽獵賦曰於是皇輿綢繆迂延容與抗天津於伊洛夐遥集乎南圃

黄涔 **紫陌** 大詔獵者競逐長驅輕車飈厲羽騎電鶩應場校獵賦曰乃命有司巡士周尋二虞萊野三扈表禽比弥大陸南厲黄涔王粲獵賦曰濟漳浦而横陣倚紫陌而並征樹重[redacted]於西阯列驂騎乎東垧

金郊 **石室** 張協七命曰白商素節月既授衣天凝地閉風厲霜飛將因氣而致殺臨金郊而講師越絶書曰樂野者越之弋獵處也大樂故謂之樂野其上山石室者勾踐所休謀

詑楚 **誇胡** 司馬相如子虛賦曰楚使子虛於齊齊王悉發車騎與使者出田田罷子虛過詑烏有先生而无是公存焉坐定楊雄長楊賦序曰明年上將大誇胡人以多禽獸秋命右扶風發民入南山西自褒斜東至弘農南驅漢中張羅網罝罘捕熊羆豪豬以輸長楊射熊館

秋田 **冬狩** 司馬相如子虛賦曰秋田于青丘彷徨乎海外吞若雲夢者八九于其胷中曾不蔕芥冬狩見敘事中

九井 **雙川** 何法盛晉中興書曰桓石秀豁第二子也不以榮爵嬰心唯以弋釣爲事游覽樂足一丘桓沖嘗與石秀共獵登九井山獵走甚盛觀者傾坐石秀未嘗屬眄嘯詠

而已 魏文帝校獵賦曰披高門而方軌邁夷途而直 超崇崕之曾崖厲漳滏溢之雙川

田渭陽 獵潻澤 太公六韜曰文王田于渭之陽見呂望坐茅以漁穆天子傳曰天子獵于潻澤得白狐玄貉焉以祭于河宗

發彼小豝 殪此大兕 毛詩曰吉日美宣王田也悉率左右以燕天子既張我弓既挾我矢發彼小豝殪此大兕

賦

後漢張衡羽獵賦 皇上感天威之慘烈思太昊之觀虞虞人表林蹇石鄭荼藪剪荊梓而夷榛株於是鳳皇獻歷太僕駕具蚩尤先驅雨師清路山靈護陣万神蹕御羲和奉轡弭節西征翠蓋葳蕤鸞鳴玲瓏山谷爲之淡泊丘陵爲之歆傾於是皇輿綢繆迁延容與抗天津於伊洛負遥集乎南圃大詔獵者競逐長驅輕車飈厲羽騎電騖霧合雲集波流雨注馬蹂麋鹿輪轔孤兎弓不妄彎矢不虛舉鳥驚網羅獸與矢遇

魏王粲羽獵賦 相公乃乘輕軒駕四駱柎流星屬繁弱選徒命士咸與竭作旌旗雲擾鋒刃林錯揚輝吐火曜野蔽澤山川於是乎搖蕩草木爲之以摧落禽獸振駭魂忘氣奪舉首觸網搖足遇挂陷心裂胃潰腦破頰鷹犬競逐弈弈霏霏墜者若雨

圖者若 清野滁原莫不殲夷

詩

唐太宗文武聖皇帝出獵詩 楚王雲夢澤漢帝長楊宮豈若因農暇閱武出轘嵩三驅陳銳卒七萃列林雄寒野霜氣白平原燒火紅瑚戈夏服箭羽騎綠沉弓怖獸潛幽壑驚禽散翠空長烟晦落景灌木振嚴風所謂除民瘼非是悅林叢

又冬狩詩 烈烈寒風起慘慘飛雲浮霜濃類廣隰冰厚結清流金鞍多上苑玉勒騁平疇旌旗四望合罝羅一面求楚培爭兕殪秦巴角鹿愁獸蛇投密樹鳥驚起樂州騎歛原塵靜戈迴嶺日收心非洛汭逸意在渭濱游禽荒非所樂抚轡更招憂

周王褒和張侍中看獵詩 上林冬狩返田中講肅歸還登宣曲觀重獵黃山圍嚴冬桑柘燥寒霜馬騎肥緤獹隨兔起高鷹按翟飛吁嗟來遠客辛苦倦邊衣

陳張正見和諸葛覽從軍游獵詩 持兵曜武節縱獵駭畿封迅騎馳千里高罝起百重騰麕斃馬足 飃落劍鋒雲根連燒火鳥道識禽蹤方羅四海俊聊以習軍戒

書

漢司馬相如諫獵書 臣聞物有同類

而殊能者故力稱烏獲捷言慶忌勇期賁育臣之愚切以爲人誠有之獸亦宜有然今陛下好凌險阻搏猛獸卒然遇軼材之獸駭不存之地犯屬車之清塵輿不及旋轅人不暇施功雖有烏獲逢蒙之技不得用枯木朽株盡爲難矣是胡越起於轂下而羌夷接軫也豈不殆哉雖万全无患然本非天子之所宜近也且夫清道而行中路而馳猶時有銜橛之變而況乎涉豐草騁丘墟前有利獸之樂而内无存變之意其爲害也不亦難乎夫輕万乘之重不以爲安樂出万有一危之塗以爲娛臣切爲陛下不取也蓋明者遠見於未萌而智者避危於无形禍故多藏於隱微而發於人所忽也故鄙諺曰家累千金坐不垂堂此言雖小可以喻大臣

願陛下留意幸察

漁第十一

敘事

說文曰漁捕魚也按尸子燧人之世天下多水故教人以漁其後堯使人水處者漁又舜於雷澤蓋因脩其法也文子曰堯使水處者漁山處者木事宜其械械宜其人尚書大傳曰舜漁雷澤之中漁之爲事也有釣網罟筌罛罾罺側交反罩涔潛罶笱槮梁罨箄籗力之反銛之類各以用之得魚一也淮南子曰釣者靜之罾者擧之爲之異得魚一也釣者謂以獨繭絲爲綸芒針爲鉤荊篠爲竿剖粒爲餌引盈車之魚於百仞之川汩流之中綸不絕竿不橈因木勢而施舍也見上詹何鉤見列子或有以桂爲餌鍛黃金之鉤錯以銀碧垂翡翠之綸已上見魯人鉤見闕子網罟者結繩以爲之易所謂結繩而爲網罟以田以漁蓋取諸離也筌者以竹爲之見廣雅廣雅曰篝答

謂之笓是也莊子曰筌所以取魚得魚而忘筌也罛大網也（見爾雅）詩曰施罛濊濊鱣鮪發發罶者曲梁也（見廣雅）詩曰魚離于罶鱨鯊是也罺者以柴槮爲之爾雅云罺謂之汕（所諫反郭璞注云罺今之柴橑罟）罩者編細竹以爲之爾雅籗謂之罩（籗祖較反）涔者積柴木於水中以爲之爾雅曰槮謂之涔是也罾者對四木而張網於水車輓之上下（見風俗通）說文曰罾魚網又楚辭曰罾何謂兮木上是也笱者曲竹以爲之（見說文）詩曰敝笱在梁其魚唯唯蠡者以

綸爲之（見環濟要畧）廣雅曰罾謂之蠡梁者以木絕水取魚（見鄭玄礼記注）詩曰毋逝我梁毋發我笱罨網罾也箄取鰕也（見廣雅）箽取蟹也銛取黿鼉也（見何承天纂文云銛鐵有距施竹頭以之擲黿鼉）皆漁之器用也此近世爲之故詩人所不載淮南子曰聖人以道德爲竿綸以仁義爲鉤餌投之天地間萬物孰非其有哉張天下以爲籠因江海以爲罛又何亡魚失鳥之有乎故矢不若繳繳不若網網不若無形之象此亦漁釣之義也

事對

玉璜　金鏁（尚書大傳曰周文王

至磻溪見呂望文王拜之尚父望釣得玉璜刻曰周受命呂佐
檢德合于今昌來提祖冲之述異記漆澄豫章人有志幹絶倫
嘗乗船釣魚俄頃盈舟既而有物出水鮠鱗黑色
長如十丈不見頭尾闔船驚怖澄獨色不變磻溪
珠澤磻溪事見上玉璜注穆天子傳曰天子北征舍于珠澤以釣于流水曰珠澤之藪方三十里篠竿
旌餌並見敘事坐茅倚柳太公曰呂尚坐茅以漁文王勞而問取呂尚曰魚求於餌乃牽其緡
人食於祿乃服於君故以餌取魚魚可殺以祿取人人可竭以
小釣釣川而擒其魚中釣釣国而擒其万国諸侯宋玉釣賦曰
左挾魚罶右執喬竿立于潢汙之涯倚于
楊柳之間精不離乎魚喙思不出乎鮒鯿濮水滋泉莊子
釣於濮水之上楚王使大夫往見焉願以境內累矣莊子持竿
不顧罷苦長注水經曰滋泉隅有石室蓋太公所居水次平石
即太公垂釣處芳餌香鈎徐廣釣賦曰投芳餌於纖絲灑長綸於平流王子年拾遺記曰帝常以季
秋之月泛衝瀾靈鶂之舟窮晷繼夜釣於臺下以香金爲鈎霜
絲爲綸丹鯉爲餌得白蛟長三丈若大虵元鱗甲帝曰非珍祥

也命大官爲鮓肉紫骨青味色香美挂鯉引鱸焦贛易林曰曳綸江海釣挂鰐鯉王孫利得以饗仲友葛
洪神仙傳曰尤慈字元旅廬江人也少有神道嘗在曹公坐公
曰今日高會珍羞略備所少者吳江鱸魚爲鱠耳元旅曰此可
得也因求銅盤貯水以竿餌鈎釣於
盤中須臾引一鱸魚出會者皆驚翠綸魴餌翠綸事見上孔
叢子曰子思居衛衛人釣於河得鰥魚焉其大盈車子思問之
曰鰥魚魚難得者子如何得之對曰吾一釣垂一魴之餌鰥過
而弗視更以豚之半體則吞之子思曰鰥
雖難得貪以死餌士雖懷道貪以死祿白龍紫貝劉向
列仙傳曰陵陽子明好釣釣於旋溪得白龍子明解釣拜謝放
之後得白魚腹中有書教子明服食三年白龍來迎之司馬相
如子虛賦曰網
玳瑁釣紫貝汴溪涪水列仙傳曰呂尚釣於汴溪溢部耆舊傳曰廣漢有老翁釣於涪
水自号涪翁

賦

晉潘尼釣賦抗余志於浮雲樂余身於蓬廬尋渭濵之遠跡且游釣以自娛
左援修竹右縱飛綸金鈎屬釣甘餌垂芬衆鯤奔湧游鱗橫集
觸餌見擒值鈎被執長綫續紛輕竿翕習雲往飇馳光飛電入

躍靈未及警策盖已獲其數十且夫熘炙之鮮煎熬之味百品千變殊芳異氣隨心適好不可勝紀乃命宰夫膾此潛鯉電割星流芒散縷解隨風離鍔雪翩雪累西戎之蒜南夷之薑酸醎調適齊和有方和神安躰易思難忘

【詩】陳陰鏗觀釣詩 澄空息晚浪釣侶拽輕舟絲垂解濺水餌下暗通流歌声時斷續楫影乍横浮寄言濯纓者滄浪終滯游

【篇】陳張正見釣竿篇 結宇長江側垂釣廣川潯竹竿横翡翠桂髓擲黄金人來水身没楫渡杏花沉蓮揺見魚近綸尽覺潭深渭水終須卜滄浪徒自吟空嗟芳餌下獨見有貪心

隋李巨仁釣竿篇 潺湲面江海滉瀁屬波瀾不惜黄金餌唯權翠竹竿斜綸控急水定檝下飛湍潭逈風來易川平霧散難寄言朝市容滄浪余自安

【文】唐駱賓王釣磯應詔文 余以三伏辰行至上里灘此地即新安之江口也有嚴子陵釣磯焉澄潭至清洞徹見底往往有羣魚歷歷如水上行耳舟人有釣者試取而投弍有游而不顧之者或有含而輟呑之者引竿而舉因以獲焉其始出也掉尾揚鬐有若恃力而自免其少退也即鼓鬛濡洙有

似屈躰而求哀嗟乎勢牽於人道窮乎我將欲以下座而呼焉子又安能中輟而呼莊周哉余乃祝之曰猛獸搏也拘於檻穽鷙鳥應也縶於籠樊素龜濡也被髪阿門白龍神也挂鱗罝網何不泥潛而宂處何故呑鈎乎於是放之江流尽其生生之理也時同行者顧詰予曰夫至人之處物也擬跡而後投隱心而後動始終不易其業悔悋不生其情而吾子況緡於川登魚於陸烹之可以習政術羞之可以助庖厨曩求之將何圖今舍之將何欲余笑而應之曰聖人不凝滯於物智士必推移於時知微之謂神含生之謂道殷乙聖也因於夏矣孔丘賢也畏於匡矣以明哲之貧尚罹幽憂之患況乎鱗羽之族能无弋釣之累哉故曩吾有心也恐求之不得今吾无心也既得之而亡求夫求與捨不亦雙美乎烹與羞不亦兩傷乎況療飢者半菽可以充腹爲政者一言可以興邦亦奚必因小鱗而後明三異之規勱大命而後寄一飡之飽擒而不殺可不謂仁乎獲而不饗可不謂廉乎且夫垂竿而爲事乎太公之遺術也形坐磻溪之石兆應滋水之璜夫如是者將以釣川耶將以釣国耶然後知古之善釣者其惟太公乎又有妙於此者其惟文王乎夫文王制六合爲鈎懸四履爲餌薦之於清廟投之於巨川一引而獲大

公再舉而登尚父由此觀之蹲會稽而沉犗者鮑肆之徒也據滄溟而負鼇者漁父之事也斯並彤小者之所習安知大丈夫之所釣哉

初學記卷第二十二

安桂坡館